龍神様の押しかけ嫁

忍丸

目次

龍神様の押しかけ嫁

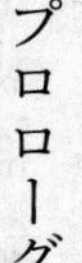

プロローグ

柊叶海がステップを降りると、プシュ、と気の抜けたような音がして、路線バスの扉が閉まった。走り去るバスを見送り、傍らに置いたスーツケースを持ち直す。

そして辺りをぐるりと見回すと、大きく息を吸い込んだ。

「……うーん！　空気が綺麗！」

若葉が茂る山の緑、山間に僅かに残った平地に広がる田園、遠くにポツポツと見える民家――。春の柔らかさを含んだ陽の光は、まるで叶海を歓迎するかのように、村の中央を流れる川面を煌めかせている。

その瞬間、ふわりと優しい風が叶海の頬を撫でていった。

叶海の艶やかな黒髪が風になびく。

栗色の大きな瞳を何度か瞬かせた叶海は、白いワンピースの袖を手で押さえ、都会の喧噪とはまるで違う、草の上を渡る風の音に耳を澄ませる。

そして、ようやく到着できたことに安堵の息を漏らした。

ここは東北にある村で、龍沖村という。

叶海が小学校を卒業するまで過ごした場所でもあり、訪れたのは十四年ぶりだ。

「結構変わったなあ。空き家が増えてた……」

赤錆が浮いたバス停を眺め、叶海は小さく息を漏らす。

昨今の少子高齢化の煽りを受け、ここ龍沖村も過疎化が進んでいた。放置された耕作地なども散見され、叶海が暮らしていた頃よりも随分と寂れてしまっている。

一抹の寂しさを覚えつつも、叶海はバス停の向こうにある石段を見つめた。

山の上まで続く階段を上った先……そこの神社に、目的の人物がいるはずだ。

こくりと生唾を飲み込むと、スーツケースを握る手に力を込める。

気持ちいいくらいの陽気だというのに、緊張のせいか手に汗がにじんできた。

——怖じ気づくな。頑張れ、私……！

叶海は自身を鼓舞すると、ゆっくりとした足取りでそこへ向かった。

絶対に〝呪い〟を解いてやる。そんな決意を胸に抱いて。

叶海が久しぶりに龍沖村を訪れたのにはわけがある。

それは、叶海が抱える問題を解決するためだ。

彼女を幼い頃から縛り続けている——〝初恋の呪い〟。

それから解放されるために、わざわざ東北くんだりまでやってきたのだ。

叶海のポケットには、いつだって一枚の写真が入っている。

かつて仲がよかった幼馴染み同士で撮った写真だ。何度も眺めていたせいか、しわくちゃになってしまったそれには、三人の人物が写っている。

ひとりは叶海自身。もうひとりは村でも評判のガキ大将。

そしてもうひとりは——利発そうな男の子。名を雪嗣(ゆきつぐ)という。

榛色(はしばみ)の瞳に、柔らかそうな茶色の髪。日本人にしてはかなり色素が薄いのが特徴で、どこか王子様然とした整った顔立ちをしている。

当時の叶海は、彼のことが心底好きだった。いわゆる、初恋の相手だ。

しかし小学校卒業と同時に、龍沖村から出ていくことになった叶海は、この恋をあきらめざるを得なかった。両親が離婚し、母についていくことになったせいで、父方の田舎であったこの村は遠いものになってしまったのだ。

叶海の初めての恋。それは、想いを告げることすらなく終わってしまった。

雪嗣とはそれきりだ。

それなのに、彼の存在は、ずっと叶海の心の中で生き続けている。

誰にとっても初恋は特別だ。それは叶海にとっても例外ではなかった。

好きな人と過ごした日々。もらった言葉。その時々に感じた胸のときめき——それらは生き生きと叶海の中で息づいて、何度も夢に見るほどだった。

特に、龍沖村を去ることになった春の日。

桜吹雪が舞う中で、寂しそうに笑う雪嗣の表情が忘れられない。

『俺は……どこにも行かない。ずっとここにいるから』

あの時感じた胸の痛みは、今でもありありと思い出せる。それは少しの息苦しさと共に、瑞々しい感情をいつだって呼び覚ましてくれた。

いつまでも朽ちることのない想い。初恋ってなんて素敵なものだろう――。

叶海は常日頃からそう思っていた。

彼への想いは、まるで七色の光を放つ宝石のようだ。その眩いばかりの光は、叶海の心を虜にして離さない。いや、むしろ叶海はそれに夢中になりすぎてしまった。

結果――どうもおかしなことになったのだ。

「叶海、別れてくれ」

「えっ」

「俺は、お前の理想の男の子の代わりにはなれないよ」

――フラれたのは、これで何度目だろう……。

桜の蕾が膨らみかけた初春のある日。

叶海は去っていく元彼の背中を見つめ、途方に暮れた。

二十代も半ばを過ぎた叶海には、ある深刻な悩みがあった。

それは、誰と付き合っても長続きしないことだ。しかも、必ず同じ理由でフラれるというおまけつき。なぜか、みんな口をそろえたようにこう言うのだ。

――俺は、雪嗣にはなれない。

フラれた叶海は、いつものように親友に泣きついた。

失意のどん底に沈む叶海に、親友は真剣な顔でこう言ったのだ。

「叶海は、もう老後の蓄えを意識した方がいいね」

「へっ……!? それって、フラれたことと関係あるわけ？」

「あるある。大ありよ！」

つい最近、彼氏と華麗にゴールインを決めた親友は、大きく膨らんだお腹を撫でながら、どこか得意げに滔々と語る。

「雪嗣君のことが好きすぎて、その子が叶海の基準になっちゃってる。思い出だけじゃ、おまんまは食い上げ、男は甲斐性だって何度言っても聞きやしない！ 思い出補正つきの初恋の男の子になんて、生身の男は誰も太刀打ちできないわ。もうこれは将来の孤独死に備えるべきよ！」

「こ、孤独死……」

「叶海って、思い込んだら一直線のところがあるからね～。初恋も、ここまで拗れちゃったら〝呪い〟みたいなもんよ。まともな恋愛は無理ね。あきらめなよ」

どこか達観したような親友の言葉に、叶海は顔を真っ赤にして叫んだ。

「あ、あきらめられるわけないでしょ、馬鹿！ 一生独り身なんて嫌よ！」

――ああ！ 初恋とは、なによりも甘く、優しく……そして罪深い。

淡い思い出は、いつの間にやら叶海を雁字搦(がんじがら)めに縛り上げていたのだ。

それが〝初恋の呪い〟。

下手をすると、誰とも結ばれずに終わる可能性もある強力な呪いだ。

長年、身体を蝕(むしば)んできた呪いを解くにはどうすればいいか――？

寝る間を惜しんで考えた結果、とある仮説に至った。

そもそも呪いの原因は、気持ちを伝えられずに初恋が終わったことにあるのではないだろうか。中途半端に残った気持ちが、叶海の中で燻(くすぶ)り続けているのだ。

ならば答えは簡単だ。

今の雪嗣に会い、当時の想いを告げる。そして綺麗さっぱりフラれるのだ！

そうして叶海は、十年ぶりに龍沖村の土を踏んだのである。

「脱・孤独死の危機！　やるぞ、私はやるんだから……！」

息を切らしながら、石段を一段一段上る。

別れの際の言葉通り、雪嗣は今もこの村に住んでいるらしい。

「過去に縛られていてもつらいだけ。もう大人なんだから、前へ進まなくちゃ。さっぱりフラれて、とっとと帰ろう。ふっふっふ。明日の私は、きっとひと味違うわよ」

――柊叶海、二十六歳。もう立派なアラサーだ。今日こそ、私は……変わる！

叶海は顔を上げると、えっちらおっちらと階段を進んだ。

子どもの頃は一気に駆け上れた階段がキツい。

——うう。常日頃から運動しておけばよかった……。

ひいひい息を切らし、老いてしまった自分を嘆きながら進んでいくと、最上段の辺りで、視界の隅に綺麗な薄桃色を見つけた。

どうやら、境内の桜が満開を迎えているようだ。

——あの日も、こんな風に桜が咲いていたっけ。

雪嗣との別れの日を思い出して、途端に胸が苦しくなる。しかし、すぐに奥歯を噛みしめて気合いを入れ直す。

孤独死なんてまっぴらごめん、幸せな老後のためにと、叶海は額に浮かんだ汗をハンカチで拭い、残り少なくなった石段を上る。

そして、最後の一段を踏みしめた瞬間。

「……えっ？」

目の前に広がった光景に、思わず息を呑んだ。なぜならば、さほど広くない境内に、見たことがないほど巨大な生き物が佇んでいたからだ。

それは、大きくとぐろを巻いて、木漏れ日の中で微睡んでいた。

全身を包む純白の鱗が、春の日差しを喜ぶかのように、きらりきらりと輝く。

ワニのように長い鼻。艶やかな白い髭。頭部からは二本の角が生えている――。境内にいたのは、穢れひとつない純白の身体を持った異形。大きな桜の木の下に横たわるその体の上に、鮮やかな桜色の欠片がはらはらと降り注いでいた。

あまりにも異様な光景に、呼吸をするのも忘れて見つめる。

そして、異形の姿に見覚えがあった叶海は、思わずぽつりとつぶやいた。

「……龍……？」

するとその瞬間、ぱちりと金の双眸が開いた。

それは叶海の頭ほどある巨大な瞳だ。蛇にも似た、人とは違う縦長の瞳孔に、叶海はようやく恐怖という感情を思い出した。全身から汗が噴き出し、足が震える。逃げようにも、まるで足の裏が地面にくっついてしまったように動かない。

その瞬間、龍が目をぐう、と細めた。途端に強風が吹き荒れ、桜の花びらを巻き込んで叶海に襲いかかる。

「……んっ！」

あまりの風の強さに息をするのも難しい。

腕で顔をかばって、ひたすら風が通り過ぎるのを待つ。

唸るような風の音が収まると、しん、と辺りが静まりかえった。叶海が恐る恐る目を開けると、先ほどまで圧倒的な存在感を放っていた龍の姿は消えてしまっている。

その代わりに、境内の中央にひとりの人物が立っていた。

まるで遊ぶように、そして踊るように、ゆっくりと舞い落ちてくる桜の花びらの向こうに見えるその姿は、一瞬にして叶海の目を釘付けにし——言葉を奪った。

春の日差しに照らされて、初雪よりも清らかな白糸の髪が風になびいている。

透き通るような髪が落ちた顔（かんばせ）は、日本人にしてはやけに色が薄い。染みひとつない透明感のある肌、通った鼻筋、薄い唇はどこか人形めいた美しさがあったが、血が通っている証拠にほんのりと色づいている。白い睫毛（まつげ）に彩られた瞳は榛色。黄ばんだ薄茶色に春の陽差しが落ちると、黄金色に見える瞬間があった。

花盛りを迎えた桜、そして色を忘れてしまったような純白を持つ男性。

まるで、この世の風景じゃないみたいだ——と叶海は思った。

時が止まったかのようにその人物を見つめていた叶海だったが、ハッと正気を取り戻した。そして、荒ぶる心臓をなだめ、乾いた口内を懸命に湿らせて訊ねる。

「ゆき、つぐ……なの……？」

——そう。その人物の顔には見覚えがあった。

それはまさしく、かつて長い時間を一緒に過ごした幼馴染みの顔だ。

あの頃よりも成長しているものの、ありありと当時の面影が見て取れる。

髪の色は白くなっていたし、成人男性らしい体型になり、身長は叶海よりも随分と高くはなっていたが、少年の頃のしなやかさは失われていない。

その人物は叶海の姿を認めると、あからさまに表情を曇らせた。そして、おもむろに襟足を結ぶ赤い布に指で触れた。まるで神主のような白衣に、指貫(さしぬき)と呼ばれる袴(はかま)を着ているせいか、布の赤色がやけに鮮烈な印象を与える。

すると、その人は叶海が想像していたよりも低い声で答えた。

「そうだ。久しぶりだな、叶海」

「……！」

その瞬間、カッと叶海の身体が熱くなった。

初恋の相手がそこにいる。その人が自分の名を呼んだ。ただそれだけだというのに、身体が火照(ほて)り、震えが止まらない。鼓動が速くなって、落ち着きがなくなる。

まるで、彼に恋をしていた頃に戻ってしまったようだ。自分になにが起きているのかわからずに困惑する。まさかこれも〝初恋の呪い〟の効果なのだろうか――？

そんな間の抜けたことを思っていると、ふわりと春風が叶海の肌を撫でていった。

少しだけ平静を取り戻した叶海は、改めて雪嗣に視線を向ける。

すると、雪嗣の額におかしなものがあるのに気が付いた。それは、先ほどの龍が持っていたものと同じ角だ。

雪嗣は叶海の視線の行方に気が付くと、少し困ったように眉を下げた。

そして——まるで、なんでもないことのように言ったのだ。

「バレてしまったか。俺は人間じゃない。この地で祀られている龍神なんだ」

そう言って、ゆっくりと叶海へ向かって歩きだした。

当時の面影を残したまま、けれど想像していた以上に美形に進化した幼馴染み。

しかも神様だというから驚きだ。叶海の脳内は一気に混乱に陥る。

——なにがどうなってるの……！

「……は、ははは……」

思わず頬をつねる。鈍く伝わってくる痛みは明らかに夢のそれとは違っていて、叶海はたまらず視線を地面に落とす。その時——ふと、影が差し込んだ。

気が付けば、知らぬ間に雪嗣が目の前に立っている。

「……あ……」

小さく声を漏らした叶海は、雪嗣を呆然と見上げた。

そしてこの時、ようやく自分の目的を思い出す。

——そうだ。私は雪嗣に自分の気持ちを伝えに来たのだ。初恋を忘れるために。

「……忘れる……？」

しかし、とてつもない違和感に見舞われて顔をしかめた。

雪嗣は瞳を僅かに細め、叶海に手を伸ばす。

そして、髪についていた桜の花びらを指で摘まむと、静かな口調で言った。
「俺の正体を知られたからには放っておけない。悪いが記憶を消させてもらう」
そう言って、どこか儚げに……寂しそうに笑ったのだ。
その瞬間、叶海の身体に電撃が走った。
——ああ。ああ！　この人……なんて顔をするの！
それは、叶海が夢で何度も見た笑顔。
『俺は……どこにも行かない。ずっとここにいるから』
そう言って、別れ際に雪嗣が浮かべたのと同じもの。
できることなら慰めてやりたいと、何度も何度も叶海が夢想した表情——！
……それが今、手の届く場所にある。
途端、まるで糸が切れた人形のように叶海が脱力した。
「うん……？　叶海？」
久方ぶりに会う幼馴染みの突然の異変に、雪嗣は小さく首を傾げた。
名を呼んでみても、叶海はぴくりとも反応しない。
雪嗣は僅かに眉をひそめると、ためらいがちに叶海へ手を伸ばす。
「——……雪嗣」
しかし、その指先は叶海に触れることはなかった。

なぜならば、叶海がその腕を掴んだからだ。

「ど、どうしたんだ？」

腕を握る叶海の力が徐々に強まっていく。

ギリギリと腕を締めつけられ、雪嗣はまるで人のように狼狽（ろうばい）している。

「叶海……？」

そして困り果てた雪嗣が、弱りきった声で叶海の名前を再び呼んだ瞬間。

「……っ！」

叶海は勢いよく顔を上げると、ずいと雪嗣にその顔を寄せた。

その瞳は、先ほどまでの驚きと困惑に彩られていたものとはまるで違った。

濡れた瞳は春の日差しに輝く水面のように煌めき、ほんのりと色づいた頬は桜の花びらのよう。生き生きとした表情で、熱のこもった眼差しを雪嗣に注いだ叶海は、躊躇（ちゅうちょ）することなくはっきりと言った。

「雪嗣！　私をお嫁さんにして！」

「――は？」

その瞬間、雪嗣はあんぐりと口を開いた。

ややあって、叶海の言葉をようやく理解したらしい雪嗣は、あきれたように言った。

「……な、なにを言ってるんだ。俺は神でお前は人だ。そんなことできるはずがない」

それは、叶海が望んでいたはずの言葉だった。

初恋を忘れ、新たな一歩を踏み出すための、呪いを解く魔法の言葉。

しかし——叶海にとって、それはすでに価値のないものだ。

叶海は雪嗣の腕を掴んだまま、どこか熱に浮かされたような口ぶりで言った。

「そんなのどうでもいいの」

「いや、どうでもよくな……」

「神とか人間とか関係ないでしょ!?　要は気持ち次第だわ！」

「いやいやいや!?　そんなわけないだろう……！」

突拍子もないことを言いだした叶海に、雪嗣の顔が盛大に引きつる。

しかし、叶海はかまわず話を進めた。

「私、よく言われるの。思い込んだら一直線だって」

だからこそ一度心奪われた相手に、アラサーになるまで惹(ひ)かれ続けていた。

自分の中で、その人が基準になってしまうほどに心を預けてしまったのだ。

「信じられない。どうして大人になった雪嗣に会って、初恋を捨てられると思ったのかな。再会しただけで、こんなに惹かれちゃったのに！」

「はっ？　初恋……？」

「うん。私の初恋の相手、雪嗣なの」

「さらっと言ったな⁉」

そういうことは、慎みと少しばかりの照れと共に告げるべきとでも言いたげな雪嗣に、叶海はふふんと不敵な笑みを浮かべ——さらにずいと近づく。

するとと叶海の勢いに圧倒された雪嗣は、とっさに一歩下がる。しかし、地面に大量の桜の花びらが降り積もっていたせいで、足を滑らせてしまった。

「わっ……」

「きゃっ……」

雪嗣が背中から倒れ込むと、その腕を掴んだままだった叶海もつられて体勢を崩した。倒れた衝撃で、ふわりと桜色の欠片が舞い上がり、はらはらとふたりに降り注ぐ。

雪嗣に覆い被さるような恰好になった叶海は、まるで押し倒したみたいだとぼんやりと思った。そして、透き通るほどに白い肌を薔薇色に染め、羞恥心に駆られているらしい雪嗣に気が付くと、ほうと熱い吐息を漏らす。

「……なにこれかわいい。お嫁さんにしてもいいくらい」

「いっ……！　ななな、なにを……！　女が言うことじゃないだろう！」

「今は男女平等の時代なのよ。神様」

ますます顔を真っ赤にして怒りだした雪嗣に、叶海はクスクスと楽しげに笑う。

「昔に戻ったみたい。あの頃も、よく突拍子のないことをして雪嗣に怒られてた」

「自覚があるならどいてくれないか……」

「嫌です」

疲れたような雪嗣の言葉に、叶海はどこか悪戯っぽい笑みを浮かべた。

「びっくりした？　まあ、いきなりお嫁さんにしてくれだもんね」

「驚かない方がどうかしてる」

「ごめんごめん。だって私、アラサーだし、お付き合いするなら結婚前提がいいかなって。でも、神様と結婚ってどうするのかな。うーん。雪嗣、生贄……いる？」

「生贄を、野菜を売るみたいに言わないでくれ……！」

そして深く嘆息した雪嗣は、ひどく困惑した様子で言った。

「勘弁してくれ……。急に、どうしてこんなことを言いだしたんだ」

「ごめんね、全部私が悪いの。雪嗣のこと……改めて好きになっちゃったから」

なんともあけすけな叶海の口ぶりに、雪嗣はますます顔を赤らめる。そんな雪嗣を見て、若干調子に乗った叶海は、彼の純白の髪にそっと触れて囁いた。

「だから私をお嫁さんにして」

すると、雪嗣は困り果てたように眉を下げた。

「……嫌だと言ったら？」

雪嗣の拒絶の言葉に、しかし叶海はさらに笑みを深める。

「彼女でもいるの？」

「い、いや……」

「なら、あきらめない」

そして、愛おしそうに雪嗣を眺めた叶海は、どこか自信たっぷりに言った。

「私、きっといいお嫁さんになるよ」

今の叶海にとって、〝初恋の呪い〟はすでに効力を失っていた。

……いや、失ってはいない。それは死神のような禍々しいドレスを脱ぎ去り、美しい天女へと姿を変えて、叶海を見守ってくれている。

——ああ！　甘酸っぱい感情が身体の中に充ち満ちて、今なら空も飛べそう。

叶海は熱っぽい眼差しを雪嗣へ向けると、会心の笑みを浮かべた。

一方の雪嗣は、大きく息を吐き、脱力して天を仰いだ。

風に乗って、はらはらと桜の花びらが舞い降りてくる。

雪嗣は宙を楽しげに踊る桃色の欠片に僅かに目を細めると、しみじみとつぶやいた。

「……どうしてこうなったんだ……」

ぽつりとこぼれた龍沖村の守り神の嘆き。

それは、春の暖かな風に流され、すぐに消えてしまったのだった。

一話　押しかけ女房と龍神様のお仕事

人が初めての恋をする時、相手のどこに惹かれるのだろう。

大部分の人間が幼少期に経験するであろう初恋。

社会の仕組みも知らず、心身が未成熟なうちにするその恋は、長い時を経るにつれて、誰にとっても過去のものとなる。

かけっこが他の子よりも速かった。ドッジボールが強かった。髪型がかわいかった。クラスの人気者だった……大人の価値基準からすれば、さほど重要でもない部分が初恋の決め手になることも多い。だからこそ、幼かった自分を懐かしみ、その恋を思い出に昇華(しょうか)させる。成長した自分からすれば、当時は焦がれるほどに魅力的に思えた部分が、人生においてはさほど重要ではないことに気が付くからだ。

長い時を共に過ごし、相手に新たな価値を見いだしたら話は違うだろうが、途中で離ればなれになった場合は致命的だ。なにせ、相手の魅力的だと思っていた部分は、大人になるにつれて無価値へと成り下がってしまうのだから。

だから、初恋は成就しない。大部分の人たちの中で、ただの思い出で終わる。

ならば——どうして、叶海は今も雪嗣に惹かれているのか？

雪嗣を見ると、胸がじんと熱くなる。涙がこぼれそうになる。話したい、触れたい、見てほしい、一緒にいたい。その感情は理屈じゃ説明がつかなかった。彼を求める強い気持ちがあふれて、叫び出したくなるくらいだったから。

──私は、今の雪嗣のどこが好きなのだろう。

綺麗な顔？　優しい眼差し？　幼い頃の思い出？　彼が神様だったこと？

それ以外に価値を見いだすには、叶海は今の雪嗣のことをあまりにも知らない。

けれど、確実に彼に惹かれていることは事実だ。言うなればひと目惚れ。まるで磁石が対極へと引かれるように、心が惹きつけられている。そんな奇妙な状態だった。

理由もなく相手に惹かれることは、叶海からすると少し不安なことだ。

なにせ、今の彼女が生きている〝大人の世界〟は、何事にも説明が求められ、曖昧に済まされることはそう多くない。

朝、目が覚めて、自分の心を確認する。

──ああ、今日も雪嗣が好きだ。

叶海はほうと息を漏らすと動きだした。

今日こそ雪嗣を好きな理由が見つかるだろうか。

この恋心に説明をつけられるだろうか。

私の初恋は成就するのだろうか。

……そんな風に思いながら。

＊　＊　＊

桜色に彩られた季節があっという間に過ぎ去ると、徐々に強い日差しが大地を照らすようになる。つい先日までは若葉だったものが、一丁前の顔をして天を仰ぐようになると、龍沖村には青々とした夏らしい雰囲気が漂う。

そんな夏の日の朝、あるものを受け取った叶海は、軽やかに祖母宅を出発した。

「叶海！　龍神様によろしくな～」

玄関まで見送りに出てくれた祖母が手を振っている。

「うん。朝早くからごめんね！」

叶海は笑顔で手を振り返すと、社へと続く道を急いだ。

朝の風が気持ちいい。うだるような都会の暑さとは違って、ここの夏はとても爽やかで、いつもは耳障りなだけの蝉の声すら、心地よく思えるから不思議だ。

すると、朝から畑仕事に精を出していた総白髪の老人が声をかけてきた。

「叶海ちゃん、おはよう。どうだ、仕事は順調だべか？」

老人の名は沢村和則。龍沖村最年長で、村の顔役のようなことをしている。叶海のことも幼い頃からよく知っていて、当時から世話になっていた。

和則は十年ぶりに戻ってきた叶海のことが心配らしく、あれこれと気にかけてくれている。雪嗣の嫁になるため、長年住んでいた都会から越してきた叶海としては、ありがたいことだ。

　叶海は顔をほころばせると大きく頷いた。

「じっちゃん、おはよう！　こないだはありがとう。おかげさまで仕事は順調だよ！」

　和則は、叶海の仕事にどうしても必要なものを手配してくれた。

　それはアトリエだ。空き家を一軒、格安で貸し出してくれ、さらには快適に絵が描けるように、色々と取り計らってくれたのだ。

「まさか、叶海ちゃんが画家になってるとはなあ。オラ、びっくりしただよ」

「フフフ、ありがと！　この村はすごく綺麗だから、描き甲斐があるよ」

「そりゃあいい。今度、オラのことも描いてけろ」

「わかった。楽しみにしてて」

　叶海は駆け出しの絵描きだ。

　芸大卒業後、叶海は先輩が経営するアトリエで働きながら創作活動を続けていた。

　二年前、大きなコンクールで賞を獲ってからは、個展を開く機会にも恵まれ、徐々に知名度を上げてきている。

　しかし、ここ最近は煮詰まっていて、どうにも筆が乗らなかったのだ。ある程度の貯蓄もあったし、新しい刺激も欲しかった。アトリエを辞めて新たな創作活動の場を探していた矢先に、雪嗣への恋心が再燃してしまったのだ。

渡りに船とはまさにこのことだ。

高齢独居の祖母の様子も気になっていたし、叶海は嬉々として龍沖村へ移り住んだ。事実、自然豊かな龍沖村は、風景画を得意とする叶海にとってモチーフの宝庫と言えた。今は、次のコンクールに向けて精力的に創作している。

調子に乗った叶海がピースすると、和則は豪快に笑った。

「アッハッハ。叶海の描く絵が有名になりゃ、この村も、もっと賑わうべかなあ？　頼んだぞ、叶海。期待しとる。それに――」

和則は日に焼けたシワシワの顔に、まるで大黒様みたいな笑みを浮かべた。

「龍神様もずっとおひとりじゃ寂しいべな。叶海がいたら、賑やかでいい」

そう言って、いくつか叶海に野菜を持たせる。大きなきゅうり。真っ赤に熟れたトマト。慎ましやかなドレスを纏ったとうもろこし。夏の恵みたちからは、太陽の匂いがする。どうやら雪嗣へ持っていけということらしい。叶海はお礼を言うと、大きく手を振ってまた走りだした。

目指すは、村を見下ろす山の上に建つ神社だ。

龍沖村の村民にとって、龍神の存在は秘密でもなんでもない。

雪嗣は神でありながら、同時に仲間でもあった。

村民は誰もが雪嗣を親しい友人や、もしくは家族の一員のように思っていたし、雪嗣もそう思っている。

ただし成人前の子どもや、龍沖村へ永住する気のない者には秘密にしていた。

それは神である雪嗣と共に生きるために、長年かけて作り上げた村の掟のためだ。

だからこそ、幼いままこの村を離れることになった叶海は、雪嗣が龍神であることを知らずにいた。村で生きると決めた叶海に、村の年寄りたちはようやく雪嗣のことを打ち明けてくれたのだ。

龍沖村には、ある伝承が今もなお伝わっている。

今から数百年前のこと、村が度重なる水害にあえいでいる中、怪我をした白蛇が村に現れたのだという。

昔から、白蛇は神の遣いであると信じられてきた。信心深い村人たちは、神が自分たちを試しているのだと考え、手厚く看病してやったそうだ。すると、傷が癒えた白蛇がみなを集めてこう言った。

『助けてくれた礼に、荒ぶる川をなだめ、この地を守ってやろう』

その白蛇は、神の遣いなどではなく、神そのもの――龍神だったのだ。

龍神の言葉通り、次の日には荒れていた川がすっかり大人しくなっていた。

さらには頻発していた水害も収まり、次の年からは豊作が続き、村は潤った。

それが雪嗣と龍沖村との出会いであり、始まりだ。

以来、雪嗣はこの村に棲みつき、村人たちと共に暮らしている。

年寄りたちが語る雪嗣のことを、叶海は一言一句忘れないように記憶に刻みつけた。まるで、本当の意味で村へ受け入れてもらえたようで嬉しかったからだ。

大切なことを教えてくれたお礼にと、叶海が雪嗣の嫁になりたいと思っていることを打ち明けた時は、みんな心臓が止まりそうなくらいに驚いていたが。

その時の年寄りたちの顔を思い出して、叶海はくすりと笑みをこぼした。そして、今ではすっかり慣れてしまった石段を一気に駆け上ると、大きな声で呼んだ。

「雪嗣ー！　朝ご飯にしよう！」

雪嗣を捜して境内を見渡す。走ったせいで服が乱れていないか確認するのも忘れない。ボーダーのシャツ。リネンのスカートに編み上げのサンダル、それに麦わら帽子。特に問題はなさそうだ。

すると、奥の方に箒を手に掃除をしている雪嗣を見つけた。

途端、とくんと叶海の心臓が高鳴った。

初夏の青々と澄んだ朝の空気に、雪嗣の白色が浮かび上がっているように見える。彼が纏う凛とした雰囲気はどこか涼やかで、夏の暑さを忘れさせてくれるようだ。

「よっし！」

気合いを入れると、麦わら帽子の位置を手で直す。

そして、今日一番の笑みを浮かべて駆け寄り――。

「おはよう、結婚してください！」

元気いっぱいに朝一の求婚をした。

「駄目だ」

雪嗣はすげなく断る。

だが叶海はへこたれない。拳を握りしめると、悔しそうに目を閉じた。

「今日も駄目だったかー。残念。明日こそは！」

すぐさま未来に願いを託した叶海に、雪嗣はあきれの混じった視線を向けている。

「叶海。いい加減、あきらめるってことを覚えてくれないか」

「えっ、どうして？　雪嗣がまだ結婚を承諾してくれてないのに」

叶海が首を傾げると、雪嗣はどこか遠くを見て黄昏れた。

「叶海の精神力ってすごいよな……」

「わ、雪嗣に褒められた！」

「褒めてない。断じて褒めてないぞ！」

「じゃあ結婚してください」

勢いに任せてもう一度求婚する。

「駄目だって言ったよな……？」

……が、またしても即座に断られてしまった。

叶海は唇を尖らせると、大きくため息をつく。

この光景は、ここ数カ月の間、毎朝繰り返されていた。

叶海が告白して、雪嗣がすぐに断る。よもや、朝の定番となりつつある。

何度も何度も飽きずに繰り返される告白。

しかし、雪嗣が受け入れる気配はみじんもない。

「いつも言ってるだろ？　俺は神で、叶海は人。婚姻なんて土台無理な話だ」

「そんなの！　神様と人間の婚姻なんてよく聞く話じゃない！」

すると、雪嗣はくすりと笑みをこぼして、余裕のある表情のまま叶海の頭を撫でた。

「駄々をこねても駄目なものは駄目だ。聞き分けろ」

「また子ども扱いして……」

叶海が唇を尖らせると、雪嗣は小さく肩を竦めた。

「俺は神だ。俺からしたら、人間なんてもれなくお子様だ」

――アラサーになって子ども扱いとか！

叶海はがっくり肩を落とすと、恨みがましい視線を雪嗣に向けた。

しかし、雪嗣は素知らぬふりをして掃除を再開している。

叶海は歯がみすると、大きく息を吐いて気分を切り替えることにした。

——本日も全敗。通算、四十五回目の失恋！　次だ、次……！

そして、キッと強い意志を込めて雪嗣の端正な横顔を見つめた。

正直なところ、叶海自身、別に鈍感なわけではない。

好きな人にフラれたら傷つきもするし、落ち込みもする。今日のことだって別に平気なわけではないのだ。できれば報われたいに決まっている。

それでも——。

「お子様だって思ってくれてもいいよ。私は雪嗣のことが好きで、だからお嫁さんになりたい。それだけのことだもの」

たとえ困難な道のりであろうとも、好きな人が目の前にいる。そしてその人には、現在特別な相手はいない。それだけが希望だとしても、なんらかの〝きっかけ〟さえあれば、事態が好転するのではないかという期待を捨てきれなかった。

「そうか。でも俺は、お前を嫁にはできない」

——うっ。四十六回目……！

だから、こんな風に断られ続けても前を向けた。

正攻法では叶いそうにないこの恋を成就させるために、なにをするべきか？

雪嗣と再会し、同時に玉砕（ぎょくさい）した記念すべき春の日、叶海は必死に考えた。

叶海に必要なもの、それは〝きっかけ〟だ。

ならば――最高に〝きっかけ〟が作りやすい環境を！

色々と考えた結果、叶海はやや強引な手段を取るはめになったのである。

「まあいいや、ほら入った入った。朝ご飯が冷めちゃう」

雪嗣の背を押して、社の脇にある一軒家に向かう。

そこは、龍神のために村人たちが用意した家だ。もともとは茅葺き屋根の古民家だったそうなのだが、昭和の終わりの頃に改装されている。

屋根はトタンに変わり、レトロ感はあるものの、室内や台所なども現代風の設備が整っていて、別段不便さは感じない。

そこはもちろん雪嗣の家だ。そして今は――叶海の家でもある。

「コラ。主人みたいに振る舞うんじゃない」

「一緒に住んでるんだから、別にいいでしょ～？」

「俺は許可してない。叶海が勝手に押しかけてきたんだろう!?」

「フフフ、私は押しかけ女房なので」

にんまり笑った叶海に、雪嗣はあきれかえって言葉を失っている。

古来より日本では、人と人ならざるものが結婚する場合、どちらかが相手の家に押しかけるというのが伝統だ。雪女しかり、鶴の恩返ししかり、民話の中ではよくある話である。叶海はそれに倣うことにしたのだ。

最高の〝きっかけ〟を求め、叶海は雪嗣と再会した数日後には、荷物を抱えてこの家にやってきた。情熱的な求婚と共に（もちろん断られたのだが）やや強引にこの家に住むことを決めたのである。

問題は、異類婚姻譚の民話の多くは、押しかける側が人間じゃない方ということなのだが……。

「……俺の常識が通じなすぎて、叶海は妖怪変化の類いじゃないかって時々思う」

雪嗣がつぶやいた言葉を、叶海はさらりと聞き流した。

そして、テキパキと朝食の準備を進める。

土鍋で炊いたつやつやの白米。出汁を丁寧に引いた卵焼き。カリッと焼いたウインナー。わかめとネギの味噌汁。夏野菜のぬか漬け。

それと……祖母から分けてもらった梅干し。

祖母の梅干しは雪嗣の好物らしい。それを知った叶海は、早朝から祖母宅に分けてもらいに行ったのだ。

ほかほかと湯気を上げる料理をちゃぶ台の上に並べながら、叶海はなんとなしに思ったことを口にする。

「別々の部屋で寝ているんだし、そんなに気にすることじゃなくない？」

「なっ……！　嫁入り前の娘が、なにを言ってるんだ。なにを」

「だから、私は雪嗣の押しかけ女房……」

「俺は認めていないと言ってる」

ブツブツと文句を言いつつも、食卓に梅干しを見つけた雪嗣はどこか嬉しそうだ。

——朝から走った甲斐があったなあ……。

内心ガッツポーズしつつ、雪嗣の茶碗にご飯をよそう。

お腹が空いていたらしく、文句を言いながらも雪嗣はすぐに料理に手をつけ始めた。

濃厚な出汁でしっとりと焼き上がった卵焼きは、どうやら口に合ったらしい。

雪嗣の目元が緩んでいる。

「美味しい？」

嬉しくなって訊ねると、素直じゃない雪嗣はツンとそっぽを向いてしまった。

この神様、人より上位の存在のくせに、たまに子どもじみたことをする。

ムッとした叶海は、両手で顔を覆い、さめざめと泣きながら言った。

「私のご飯、美味しくないんだね。わかった、じゃあ保子(やすこ)さんに代わってもら……」

「待て。待つんだ！　うまい。すごいうまい。作ってくれてありがとう！」

「やった！　お嫁さんにしてください！」

「いっ……だ、駄目だ！」

一瞬、乗せられそうになった雪嗣に、叶海は嬉しそうに笑った。

雪嗣は頭を抱えると、榛色の瞳で叶海に恨みがましい視線を寄越している。

これまで、雪嗣の食事は村の人々が交代で用意していた。毎食、各家庭持ち回りで食事を作って届けていたのだ。しかし、誰もが料理上手というわけではない。その中でも、吉村(よしむら)保子はちょっぴり独創的なところがあった。彼女の斬新な発想が活かされた料理の数々に、雪嗣はほとほと困り果てていたらしい。

そう。神様といえど、この世界で身体を持っている以上は食事が必要なのだ。

この家に居座ることを決め、村人たちから雪嗣の食事事情を聞いた叶海は歓喜した。

そして、ある作戦を考えついたのだ。

――心が掴めないのならば、胃袋を掴んでしまえ……！

実は、叶海の母は料理研究家だった。幼い頃から散々母の手伝いをさせられていたおかげで、料理には自信がある。だから、嬉々として雪嗣の料理番を買って出た。

結果はこの通り。雪嗣から褒め言葉をもらえて、叶海はご満悦だ。

――ありがとうお母さん。当時は面倒とか思ってごめん……！

今思えば、母は叶海になによりも大切なことを教えてくれた。

『男なんてね、胃袋を掴んだらこっちのものよ。自分がいなくちゃ生きていけない身体にしてやるの』

当時は、娘相手になにを言ってるんだこの人とあきれたものだが、なるほど確かに真理である。美味しいものの威力は絶大だ。求婚は即座に一刀両断する雪嗣も、この通り、叶海の料理に関しては素直に受け入れている。

とはいえ、叶海の両親は離婚しているのだが。胃袋云々(うんぬん)に関しては、アプローチをする際に効果的なのだろうと叶海は結論づけていた。

「まあ、嫁にするかは保留にするとして。お昼はパスタ。夜はカツレツにしようね。ミラノ風にしよっかな」

「……そうか」

叶海の言葉に、雪嗣はまんざらでもない顔で頷いている。

年寄りばかりの村だから、洋食が出てくること自体が珍しいのだろう。海外から持ち込まれた、和食とはまったく異なる味わいは、これまで多くの日本人を虜にしてきた。それはどうやら、神様も例外ではないらしい。

——しめしめ。覚悟しておきなさいよ！　この調子で私の料理の虜にして、ここで愛を育むんだから……！

叶海はほくそ笑むと、おもむろに箸でぬか漬けを摘まんだ。それは、少し前に和則から分けてもらったきゅうりを漬け込んだもの。きゅうりの緑色が、ぬか漬けになったことでますます色鮮やかになって、見るからにいい漬かり具合だ。

「そういえば、やっとぬか床の塩梅がよくなってきてね」

叶海は、ごくごく自然な仕草で、それを雪嗣の顔の近くに持っていった。

「食べてみてよ。塩加減とか感想聞かせてほしいな」

すると、じっときゅうりを見つめた雪嗣は、パクリとかぶりつく。

そして何度か咀嚼すると、「辛子はもっと少なくていい」とぽつりと言った。

「そっかー。調整するね……」

雪嗣の率直な意見に、叶海が大きく頷いた時だ。

「うわあ〜。朝からえらいもん見ちまった」

ふたりきりの愛の巣（仮）に、どこかおもしろがっているような声が響いた。

「あ、おはよう」

叶海が挨拶をすると、窓から室内を覗き込んでいた男は、ひょいと片手を上げて応えた。そして、黒衣を翻して縁側に回り込むと、どかりと座り込み、日に焼けて浅黒い顔に人懐っこい笑みを浮かべて言った。

「相変わらず仲睦まじい夫婦っぷりだなあ！　羨ましいぜ、ちくしょう」

「お前の目は節穴か？　眼科へ行け、眼科へ」

「そうかね？　あーんしてパクッ……充分仲がいいじゃねえか」

「……は？」

男の言葉に、叶海と雪嗣が固まる。そして、お互いに視線を合わせると——ボッと火がついたように顔が真っ赤になった。

「そ、蒼空！　違うんだ、これは……」

「うっふふふふ、そうなのよ。そうなのよ！　私たち、あーんする仲なの！」

「適当なことを言うな！　叶海……！」

「適当じゃないもん。事実だもん」

叶海と雪嗣がやり合っていると、蒼空と呼ばれた男はあきれたように肩を竦めた。

「まあ、ガキの頃はいつもそうやって食べさせ合ってたもんなあ」

「そ、そうだ！　今のは、その延長線上だ！　だから……こう……違うんだ！」

「そんなに否定しなくてよくない!?　さすがの私も傷つくわ！」

「ワハハハハ！　お前ら、幼馴染みなせいか距離感がバグってんなあ」

叶海がむくれ、雪嗣がしょっぱい顔をすると、男は顔をクシャクシャにして太陽みたいな笑顔になった。

男が肩を揺らして笑うたび、首から提げた輪袈裟が揺れる。笑いすぎて涙ぐんだ男は、垂れがちな目を手で拭った。

その男は、叶海がいつも持ち歩いている写真に写るもうひとりの人物だ。

「……え？」

幼い頃、龍沖村で一緒に過ごした幼馴染みで、川端蒼空。今は隣町に住んでいて、そこにある寺の跡継ぎだ。村には子どもが少なかったこともあり、叶海と雪嗣、そして蒼空はいつも一緒だった。

「それにしてもね……」

叶海は雪嗣と顔を見合わせると、ほうとため息をこぼした。

「まさか蒼空がお坊さんになるなんて。……世も末だわ」

少年時代の蒼空は、典型的なガキ大将であり、同時に少しませたところがあった。盆や正月に都会の子が遊びに来ると、女の子にはもれなく声をかけ、遊びに連れ出す程度には女好きだったのを覚えている。

そんな蒼空と、禁欲的なイメージがある僧侶は非常に相性が悪いように思えた。

叶海がそれを口にすると、蒼空はカラカラと豪快に笑った。

「いや、女は今でも好きだけどな。それはそれ。これはこれ！　誰だってそうだろ。ワハハハハ！」

普段からお経を読んでいるせいか、蒼空の声はやたら大きい。雪嗣は嫌そうな顔をして指で耳を塞ぐと、ちろりと蒼空を横目で見た。

「まったく蒼空はうるさいな。これだから坊主は困る。なあ、いつ髪を剃るんだ？　楽しみにしているんだが」

「ひでえ。うちの宗派じゃ、髪を剃らなくていいんだよ！　妻帯も許されてるしな。それにこんな色男が髪を剃ったら、世の女性たちが嘆くだろ？」

蒼空は短く切りそろえた黒髪を両手の指で引っ張り、白い歯を見せて笑った。

そして雪駄を脱ぎ散らかし、四つん這いで家に上がり込むと、半ば強制的に雪嗣と肩を組む。

「なんだよ。この村に色男はひとりでいいってか？　それはねえよ、雪嗣。独り占めはよくねえ。いい女は全世界共通の財産だと思わねえか？　な？」

「……この村にいる女性は、ほぼ後期高齢者だと思うんだが？」

「俺はちやほやしてくれるなら、歳は関係ないタイプ」

「初めてお前を尊敬したよ」

呆然とつぶやいた雪嗣に、蒼空は冗談だと笑っている。初めは憮然とした表情だった雪嗣も、やがて小さく噴き出すと、肩を揺らして笑い始めた。

仲よさげなふたりの様子を眺めながら、叶海は複雑な気持ちになっていた。

村に戻ってきてから知ったことだが、雪嗣が龍神だと、蒼空は昔から知っていたらしい。そもそも蒼空は、雪嗣の世話役としてこの村へやってきたのだという。

雪嗣は龍神だ。しかし人間と同じように生身の身体を持つ。そして彼は、不死ではあるが不老ではない。その身体が老いてくると、まるで脱皮するかのように新しい身体を授かる。生まれ変わり、幼い姿になった雪嗣の面倒を見る者がどうしても必要で、見た目の年齢が近い蒼空に白羽の矢が立ったのだそうだ。

——なーんか、あるべくしてある関係って感じ。

すると、叶海が雑念いっぱいの目でふたりの姿を眺めていたのがバレたらしい。

蒼空は、にんまりと悪戯っぽい笑みを浮かべた。

「おっ。叶海が膨れてるぞ。奥さんを慰めに行った方がいいんじゃねえか」

「だから妻じゃないと何度言ったら」

「じゃあ、なんだよ。身分違いの恋に燃えて、お姫様に求婚しまくる騎士とか？」

「お前、さらっと人をヒロイン扱いするな。俺は男だ！」

「叶海の強引さ、騎士っぽいと思うけどなあ」

雪嗣の肩を抱いたままの蒼空は、彼の耳元で笑いながら囁く。雪嗣は蒼空の行為を拒否するでもなく、自然体のままそこにいた。

——うっ。心底、羨ましい……！

叶海は、胃が締めつけられるような思いをしながら、苦し紛れに言った。

「別に膨れてないし。神様と僧侶が仲いいって変だなって思っただけ！」

それを聞いた雪嗣と蒼空は顔を見合わせると、真顔で叶海を見つめた。

「寺も神社も、こんな田舎の共同体の中ではあんまし変わんねえよ」

なかったのか？」

「明治政府が神仏判然令を出すまで、神と仏は同じ場所で信仰されていたんだ。知ら

「ぐぬぬ……！　この私だけ仲間はずれ感……！」

惨めな気持ちになってきた叶海は、指先で畳の目をなぞりながら嘆いた。

「私も男だったら、雪嗣とそういう関係でいられたのかな……」

すると、途端に蒼空が噴き出した。

「ワハハ！　それじゃお前、雪嗣と結婚できねえだろうが」

「はっ！……それは由々しき事態！　雪嗣のお嫁さんになれないなら却下！」

「お前、本当にコイツのことが好きだよな……」

あきれきった様子の蒼空の言葉に、叶海はふふんと得意げに胸を張った。

「当たり前でしょ。今も昔も雪嗣が一番好き！」

「……やめてくれ。朝っぱらから恥ずかしいことを叫ばないでくれ！」

真っ赤になってしまった雪嗣を眺めて、叶海と蒼空は笑っている。

コホンと咳払いした雪嗣は、改まった様子で蒼空に向き直った。

「それで、今日はなんの用だ？　法事のついでに寄ったのか？」

「いや。そろそろ仕事の時期じゃねえかなって思って」

「ああ……」

蒼空の言葉に、雪嗣はおもむろに外を見た。つられて叶海も視線を動かす。

今日は雲ひとつない快晴だ。燦々と夏の日差しが照らす世界はとても穏やかで、蝉の声と葉擦れの音だけが満ちている。

それは叶海にとって、なんの変哲もないありふれた日常に見えた。しかし、雪嗣には違ったらしい。形のいい眉をひそめると、どこか神妙な面持ちで言った。

「確かにそうだな。そろそろかもしれない」

おもむろに立ち上がった雪嗣は、奥の部屋へ続く襖に手をかける。

そして、叶海へ向かってどこか平坦な声で言った。

「叶海、昼までどこかで時間を潰してくるんだ」

「……え？」

意味がわからずに、叶海は首を傾げる。

叶海にとって、基本的に午前中は家事の時間だ。洗濯は朝一番で済ませているものの、掃除はこれからするつもりだった。この数カ月そうしてきたのだが、今日この日まで外へ出ていろと雪嗣に言われたことはなかったのだ。

それなのに、突然のこの発言である。

どこか嫌な予感がして、叶海は不安げな眼差しを雪嗣へ向けた。

そんな叶海の心境を汲み取ったのだろう。雪嗣は深く嘆息すると、ぽん、と叶海の頭に手を置いて、普段よりも優しげな声で言った。

「大丈夫。ただの仕事だ。パスタと、カツレツ……だったか。足りない材料があるかもしれない。ほんの数時間だ、買い物でも行ってくればいい」

「……うん」

それでも叶海が歯切れの悪い返事をすると、雪嗣はふっと目を細めて笑った。

「叶海の飯はうまいからな。楽しみにしている」

そしてそれだけ言い残すと、白衣を翻して襖の奥へと消えていった。

「ひい」

ぱたんと襖が閉まると、間抜けな声をあげて叶海はその場にうずくまった。

熱くなった頬を手で冷ましながら、脳内で今の雪嗣の言葉を反芻する。その刺激たるやすさまじいもので、思い返すだけで心臓が破裂しそうだ。

すると、一連の光景を眺めていた蒼空がしみじみとつぶやいた。

「塩対応の後の神対応……」

「……うう、ギャップ。ギャップがすごい……心臓にくる……」

「神だけにってツッコミ待ちだったんだが」

「そんな余裕あるわけないでしょう⁉」

うずくまったまま、叶海は蒼空をじろりとにらむ。そしておもむろに仰向けになると、ほうと熱い吐息を漏らし、両頬を手で押さえてうっとりと目を瞑った。

「さっきの言葉だけで、白飯三杯いけそう……」

「……なに馬鹿なこと言ってんだ、お前」

蒼空のあきれかえった声が響く。

なにを言われようとも、叶海にとって雪嗣の褒め言葉はなによりの甘露だ。

――ああ、今日一日は幸せな気分でいられそう。

そんな予感を叶海が抱いていると――その瞬間、すらりと襖が開いた。

「…………」

奥に行ったはずの雪嗣が、どこか引きつった顔で叶海を見下ろしている。

「……聞いてた？」

嫌な予感がして叶海が訊ねると、雪嗣は真顔になって頷き、一枚の白衣を叶海の横にそっと置く。

「悪いが、繕っておいてくれないか。ああ、それと……」

そしてくるりと踵を返すと、どこか硬い声で言った。

「心臓に負担をかけないためにも、今度から褒め言葉は控えめにするとしよう」

そう言って、再び襖の奥に消えたのだった。

叶海はゆっくりと顔を両手で覆うと――。

「あまりにも絶望……！」

哀しみのあまりに身を捩（よじ）った。

——ミィン。

その時、息も絶え絶えの叶海を嘲笑（あざわら）うかのように、蝉が大きく一声鳴いた。

＊　＊　＊

龍沖村にある店はたった一軒だけだ。

それも、叶海の祖母である幸恵（ゆきえ）が経営している個人商店。

コンビニほどの広さの店内には、食料品から生活必需品、仏花から雑誌までありとあらゆるものが置いてある。しかも、近所の人たちが集まるためのカフェスペースまで完備されていて、龍沖村の老人たちのたまり場となっていた。

昼も近くなると、さすがの龍沖村といえど汗が噴き出るほどに暑くなる。

叶海は扇風機に一番近い席を陣取ると、サイダー味のアイスにかぶりつきながら、渋い顔をして手元の白衣と格闘していた。

「……お婆ちゃん、並縫いじゃ駄目だよね？」

「駄目だべなあ。すぐにほつれちまう」

「なんでこう、針の穴って小さいわけ？」

「針は昔からちっちゃいもんだべ。……ああ、それじゃ駄目だ、駄目だ。やり直し」

「ええぇ。これじゃ駄目？　だよね。駄目だよねぇ……」

白衣を放り出した叶海は、ぱったりと机にうつ伏せになる。

幸恵は苦笑いを浮かべると、叶海の手から白衣を取った。そして、滅茶苦茶になってしまった縫い目をほどいていく。

苦労して縫ったものが、あっという間に無に帰するのを眺めて、叶海はしょんぼりと肩を落とした。

叶海は裁縫が苦手だ。

別に不器用というわけではない。絵を描くぶんには指先は驚くほど器用に動く。しかし、針を持つと途端に人が変わったように動かなくなるのだ。

着物を手縫いする時代じゃあるまいしと、叶海は裁縫が壊滅的な己を今まで放置してきた。そして今――その報いを受けているところである。

「……まあ、いいんだけどさ。練習すればいいんだし」

それよりも、叶海には気になることがあった。

突然、雪嗣があの家から自分を追い出したことだ。

仕事であることは間違いないようだが、詳しくはなにも教えてくれなかった。

そのことがずっと引っかかっている。

「ねえ、お婆ちゃん。雪嗣の仕事って知ってる？」

「龍神様の？　この村を守ってくださることだ」

「そういうことじゃなくて、具体的に！」

苛立ち混じりに強い言葉を発した叶海に、幸恵はクスクス笑うとそこまでは知らないと首を振った。

顔をしかめた叶海は、自棄になってアイスに大口でかぶりつく。

その瞬間、キンと頭に鋭い痛みが走って、思わずテーブルに突っ伏した。

――ああ。この歳になって八つ当たりとか……みっともない。

父方の祖母である幸恵とは、村に戻ってくるまで疎遠だったが、久しぶりに会う孫にも昔と変わらずよくしてくれる。そんな人に、ひどい態度をとってしまったと即座に反省した叶海は、ごめんと小さく謝った。

「いつだって素直に謝れるのは、叶海のいいところだべなあ」

「そうかな……」

優しげな幸恵の微笑みに、叶海はシュンと肩を落とした。そもそも相手を傷つけるような発言をしたのは叶海で、褒められるのは筋違いだと唇を尖らせる。

すると、叶海と同じテーブルを囲んでいたひとりの老人が、顔をポッと赤らめて言った。

「仕方ねえべ、恋する乙女はいつだって不安定なもんだ。恋ってそういうもの」

それは川沿いの家に住む田中みつ江だ。郷土料理研究家のみつ江は、この村の婦人たちの中心的な存在だ。

うんうんとしたり顔で頷くみつ江に、その両隣のふたりも同調した。

「んだんだ。オラだって、和則さんに恋していた時は、いろんな人に迷惑かけたもんだ！　保子を何度朝方まで付き合わせたことか」

「アレは大変だったわ～。俊子ったら、ホント話が長くてな」

続いたのは沢村俊子。和則の妻で、叶海が来るまではこの村で一番若かった。

隣でしみじみと当時に想いを馳せているのは、吉村保子。例の独創的な料理の作り手だ。

この三人と、叶海の祖母である幸恵は大の仲良しだ。といっても、龍沖村には四世帯しか残っていないので、村の女衆大集合という感じなのだが。

「好きな人のことになれば、誰だって頭がぼわっとするもんだ。気にするでねえ」

「んだんだ！　俊子ちゃんなんて、ぼんやりして肥だめに落ちたんだべ」

「あっ、あっ……。それは内緒だって約束したべや！」

涙目で抗議した俊子に、女性たちはワッと沸いた。

賑やかな笑い声が、開け放たれた窓から太陽が照りつける村の中へ響いていく。クーラーすらない、扇風機の温い風が吹くだけの店内だが、楽しげな雰囲気のおかげで居心地は悪くない。

つられてクスクス笑った叶海は、人生の先輩たちに向かって頷いた。

「ありがとう。でも、こういうところは直さなくちゃね。私がちゃんとしてないと、神様のお嫁さんになんてなれるはずないから」

叶海の言葉に、女性たちは顔を見合わせた。そして、うっとりとして目を瞑る。

「……神様のお嫁さんか。いいなあ。夢がある」

「オラたちが若い頃は、龍神様は爺様だったもんな」

「いや、渋くてかっこいい爺様だったべ。オラ、ちょっぴり憧れてた」

ほう……と息を漏らした女性たちは、熱っぽい視線を叶海に向けた。

「オラたち応援しているからな。頑張ってお嫁さんになれよ」

「なにかあったら、なんでも相談してな」

すると、叶海は自信なげに肩を落とした。

「……ありがとう。でも、いいのかなって思ったりもするんだ。雪嗣……龍神様はこの村にとって大切な存在でしょう？　私、迷惑じゃないかなって思うんだよね」

押しかけ女房として半ば強引に同棲している現状、正直今さらな悩みだとは思う。

しかし、龍沖村と雪嗣は運命共同体と言っても過言ではない。そんな雪嗣に対して、自分勝手な感情を押しつけていることに、叶海は後ろめたさを感じていた。

　すると、幸恵たちは顔を見合わせると、途端に噴き出した。

「アハハハハ！　なに言ってんだあ、叶海！」

「かわいいなあ。恋の最中はいつだって不安でいっぱいだよな」

　幸恵たちは、もともとしわくちゃの顔をさらにシワシワにさせて豪快に笑い、叶海の背中を乱暴に叩きながら言う。

「今は自由恋愛の時代だろ？　神様とか関係ねえべ。そもそも、これくらいのことで龍神様が迷惑に思うわけねえべ。嫁にしてくれって押しかけたのは、なにも叶海が初めてじゃねえし」

　……どうやら、今までも雪嗣へアプローチしていた女性がいたらしい。

　あれだけ整った容姿だ。神であることを除いても、誰かを虜にしてもおかしくはない。そのことに思い至ると、叶海は変な顔になった。今まで敗れていった女性たちの存在を、うまく呑み込めそうになかったからだ。

「龍神様も、本気で嫌なら叶海を追い出すべ。細けえことは気にすんな。心のままにガンガンいけばいいとオラは思う」

　祖母の温かな言葉に、胸のつかえが取れた叶海は、照れながら頷いた。

するると彼女たちは、山盛りのお菓子を摘まみながら、雪嗣との思い出を語り始めた。

「うちの子も孫も、全員龍神様に名をもらったんだぞ。ほんとにありがたいことで」

「龍沖村出身の子は、みんな龍神様に顔見せしてっからなあ」

「沢の下の田んぼ。でっかい石が埋まってんの、取り除いてくれたのも龍神様だ」

「うちの爺さんが大病した時は、鱗を一枚分けてもらったんだ。そのおかげか、病気は治ったけども、逆に元気になりすぎちまって」

「早く死ねってか！　ひでえババアだ」

「そ、そういうことじゃねえべ！」

幸恵たちが姦しく話しているのを聞きながら、叶海はぼんやりと外へ目を向けた。

山間に広がる僅かな平地に、田園と畑、そして民家が点在している。

澄みきった青空に、もくもくと盛り上がった入道雲。真夏の太陽の光を浴びて、田園に満たされた水がキラキラ輝く。畑には赤々と色づいたトマトが鈴なりに生っていた。濃緑の葉の合間から顔を覗かせる夏の恵みは、見るからに瑞々しそうだ。

目を細めたくなるほどに光に満ちあふれた世界。創作意欲がくすぐられて仕方がなくなるようなこの村は、まるで時間が止まっているかのようにのどかだ。

この光景こそが、雪嗣が長年守り続けてきたもの。雪嗣がいたからこそ存在している光景なのだ。

「……雪嗣って本当にすごいんだね」

思わずぽつりと本音をこぼすと、賑やかに話していた女性たちが一瞬黙った。

そして、一様に目をキラキラ輝かせると、まるで大切な宝物を褒められた子どもみたいに誇らしげに胸を張り、口々にこう言った。

「オラたちが平和に暮らしていけるのは、全部龍神様のおかげだべ」

「龍神様への感謝の心は忘れちゃなんねえ」

「だから、龍神様には一番に幸せになってもらわねば。まずは嫁だな！」

「んだんだ！　叶海、頑張れ！」

――ああ。みんな、雪嗣のことが本当に大切で大好きなんだ！

幸恵たちの言葉に、叶海は頬を薔薇色に染めると、今度は自信たっぷりに頷いた。

「うん。私……頑張るよ！」

＊　＊　＊

ようやくお天道様が真上に昇ると、叶海は急いで神社へと向かった。

手には大量のお土産。雪嗣に食べさせろと、幸恵たちに色々持たされたのだ。

いかにもお年寄りらしいやり方に、苦笑しつつも陽炎が揺らめく道を行く。

もう少しで神社へ続く石段が見えるところまで来ると、途端に叶海の頬を冷えた風が撫でていった。嫌な予感がして空を見上げる。いつの間にやら真っ黒な雲が迫ってきているではないか。

「……あ。雨！」

その瞬間、ぽつんと水滴が落ちてきて、叶海は大慌てで走りだす。

洗濯物を干しっぱなしだったことを思い出したからだ。

とんとんと調子よく石段を駆け上る。その間にも水滴が次々と空から降ってきて、叶海はやや焦りを感じながら上っていった。

叶海が石段の最上段を踏みしめた時だ。本降りになる前に到着できたと安堵の息を漏らした叶海の耳に、バリバリと生木を引き裂くような嫌な音が届く。

耳をつんざく轟音に、勢いよく顔を上げた叶海は、境内に異形の姿を見た。

「な、なに……!?」

それは、龍神である雪嗣には似ても似つかない姿をしていた。

雪嗣を朝靄のような白色だと例えるならば、それは陽の光が差し込まない井戸の底に揺蕩う闇だ。じっとりと湿った黒色を持つ……獣。

四つ足で、長い尾を持っている。鋭い牙を剥き出しにして唸る姿は、狼そのもの。

けれど、目も鼻も毛並みも見えない。黒一色で塗り潰されたようにのっぺりとしていて、動くたびに陽炎のように揺れる。誰が見ても普通の生き物ではない。そして、叶海の全身が粟立つほどに禍々しい雰囲気を纏っていた。

「あ……」

息をするのも忘れて、黒い狼を見つめる。

その間にも雨脚は強まり、すでに白糸のような雨が降り始めている。視界は白くけむり、服に雨が染みてくる感覚がどこまでも不快だった。

「グルル……」

黒い獣は叶海の姿を見つけると、姿勢を低くしてゆっくりと歩きだした。

その仕草は、肉食獣が獲物を狩る時のそれだ。

「……っ！」

ようやく正気に戻った叶海は、逃げるために一歩後退った。しかし、叶海が立っていたのは石段の最上段。足は宙を踏み、叶海はたちまちバランスを崩してしまった。

ひゅ、と息を呑んだ叶海は、状況とは裏腹に、どこか冷静に周囲の光景を眺めていた。音が消え、異様なほどにゆっくりと時間が流れる世界。黒雲に覆われた空が視界いっぱいに広がり、天からこぼれ落ちた雨粒がはっきりと見える。幸恵たちからもらった土産が手から離れていき、取り戻そうにも身体がうまく動かない。

——ああ、これが走馬灯。私……死ぬんだ。

そのことを理解した瞬間、あまりのことに息ができなくなる。

まだ自分は雪嗣の嫁になれていない。こんな田舎までやってきて、押しかけ女房までしたというのに、この胸に満ちた甘酸っぱい想いは欠片も報われていない。

無念さ、悔しさで目の前がチカチカして、激しい絶望感に見舞われる。

——死ねない。死にたくない。嫌だ。絶対に……！

そう思った瞬間、自然とある人物の名を呼んでいた。

「雪嗣……っ！　助けて！」

するとと黒雲しか見えていなかった叶海の視界に、穢れなき白が映り込んだ。

「——馬鹿者！」

そしてひどく焦ったような声と同時に、叶海の身体を誰かが支えた。

風のように叶海のもとへと駆けつけたその人は、叶海を腕の中に閉じ込めて怒鳴る。

「昼まで帰ってくるなと、あれほど言っただろう……!!」

途端に時間が正常に流れ始める。雨音が耳に届き、叶海の身体が震えだした。

感情が状況にやっと追いついて、じわじわと身体の中に恐怖が広がっていく。

青白い顔をした叶海は恐る恐る顔を上げると、どこか強ばった顔をしたその人の名を呼んだ。

「……ゆ、雪嗣。だってもうお昼になってたから」

息も絶え絶えに言った瞬間、叶海の瞳から一粒の涙がこぼれる。

雪嗣は唇を強く引き結ぶと、整った顔を歪めて絞り出すように言った。

「もうそんな時間か。すまなかった」

雪嗣はそう言って、指で叶海の涙を拭った。

そして安堵の息を漏らすと、じっと叶海を見つめる。

「もっと俺が気をつけておくべきだった。お前という奴は、目を離すと本当に危なっかしい」

「……そ、そう？」

――そんなに、自分はそそっかしく思われていたのだろうか。

たまらず叶海が首を傾げると、雪嗣は何度か瞬きをした後、そっと視線を逸らした。

「――なんでもない。それで、怪我はないか」

「う、うん。大丈夫。助けてくれてありがとう」

叶海が途切れ途切れにお礼を言うと、雪嗣は彼女の頭をポンと叩いた。

そして、雪嗣は徐々に距離を詰めようとしている黒い獣をにらみつけて言った。

「大人しくしていろ。この場所で、一番安全なのは俺のそばだ」

「……へ？」

その瞬間、雪嗣はおもむろに叶海を抱き寄せた。

かあ、と叶海の顔が茹でだこのように赤くなる。

意中の相手と密着している。想像していたよりも逞しい腕が肩を抱き、濡れた服越しに体温を感じて、途端に羞恥心に見舞われた。

「な、なななにを……！」

「黙っていろ。集中できないから」

「そ、そういうことじゃなくて！　私、邪魔だったらひとりで隠れているから……」

すると雪嗣は、不満そうに眉をひそめた。

「駄目だ。万が一にでもなにかあったら困る」

「大丈夫……」

「駄目だと言っている！」

かなり強い口調で言葉を遮られ、叶海は怯えたようにびくりと身を竦めた。

普段の雪嗣は、ブツブツ文句を言いながらも、叶海に強い感情をぶつけることはない。しかし、今の雪嗣は見たことがないくらいに切羽詰まっていた。

それはまるで、叶海が自分の見えない場所へ行くことを恐れているようだ。

「……わかった」

叶海が頷くと、雪嗣の目元が和らいだ。その安堵したような表情に、一瞬見惚れた叶海は、しかし同時に違和感を覚えて口を引き結んだ。

確かに自分に向けられているはずの雪嗣の視線が、まるで自分の向こうを見ているような感覚がする。雪嗣の瞳は、叶海を見ているようで見ていない。

それは、叶海をひどく不安にさせるものだった。

しかしそんな叶海の変化に、雪嗣はまるで気が付く様子はなく、淡々と言った。

「すぐに終わる。俺を信じろ」

その言葉に、叶海は覚悟を決めた。両腕で雪嗣の胴にしがみつく。

雪嗣は僅かに表情を和らげると、まっすぐに前を向いて黒い獣を見据えた。

この頃には、雨はバケツをひっくり返したような状態となっていた。

積乱雲が気まぐれに起こした豪雨は、視界を塞ぎ、聴覚をも奪う。

しかし、雪嗣の声は雨音に遮られることはない。耳に心地よく響く少し低めの声が、辺りに朗々と響く。

「神に逆らうことの愚かさを教えてやろう」

雪嗣は、叶海がいるのとは反対の手をひらりと翻した。それはまるで、日本舞踊の所作のように優雅で、柔らかな動きだ。扇（おうぎ）でも持っていた方がしっくりくるかもしれない。手のひらの行方を無意識に叶海が目で追っていると、ふと雨音が止まっているのに気が付いた。

「ん……？」

驚いて周囲に視線を巡らせる。

なんと、今まさに大地に降り注ごうとしていた雨が、宙で止まっているではないか。

「な、なに……!?」

理解の範疇を超えた現象に、叶海は慌てて目を擦った。しかし、雨粒はまるで当たり前のことのように空中で静止し続けていて、盛大に顔が引きつった。

「落ち着け。なにも怖がることはない。水は俺の眷属で、俺の僕だ」

雪嗣はそう言うと、また手のひらを翻した。

すると、彼の周囲に存在していたあらゆる水が、手の動きに付き従った。

雨は落ちるのをやめ、地面にたまっていた水は揺蕩うのをやめた。意志を吹き込まれたかのように雪嗣のもとへと集まると、大蛇へと変じる。そして大きな頭をもたげて黒い獣を一瞥すると、ざざ、と水音を立てながら怒濤の勢いで襲いかかった。

「ギャッ……！」

ぱっくりと開けられた大蛇の顎に黒い獣が呑み込まれる。

透明な水の中に閉じ込められた獣は、ジタバタと助けを求めるかのようにもがくが、水の大蛇が逃すはずもない。ゆったりとした動きでその場にとぐろを巻くと、必死に足掻いている黒い獣を嘲笑うかのように、ちろりちろりと長い舌を伸ばした。

やがて――黒い獣は力尽きると、まるで朝日を浴びた影のように跡形もなく消え去った。同時に、水の大蛇は盛大な水音を立てて形を失い、境内に静寂が戻ってきた。

いつの間にか土砂降りの雨から小雨へと変わっている。

パタパタと雨の雫が境内を叩く音、葉から水滴が落ちる音だけが辺りに満ちていた。

「――お、終わった……？」

ずっと気を張り詰めていたせいか、身体に力が入らない。その場にヘナヘナと座り込んだ叶海に、雪嗣はどこか安堵したように言った。

「もう大丈夫だ。怪我はないか？」

叶海がこくりと頷くと、雪嗣は叶海の正面にしゃがみ込んだ。

そして、どこか諭すような口調で話し始めた。

「――これが俺の仕事だ。命懸けで、当たり前のように危険が伴う」

雪嗣は、自分がなすべき仕事を語り始める。

それは、龍沖村の中を流れる川をコントロールすること。

村人たちを見守り、必要があれば手助けをすること。そして――。

「この地に封ぜられている穢れを祓うことだ」

もともと、雪嗣はこの地へ厄災を祓うためにやってきた。龍沖村は、日本中を血管のように駆け巡っている龍脈の要所に位置し、悪いものが集まりやすい場所だ。

人々へ厄災をもたらすそれは〝穢れ〟と呼ばれ、神々によって封ぜられてきた。

「今の獣も穢れのひとつ。この社は、穢れが噴出しやすい場所に建てられた。地下にたまった穢れは、時を経ると獣の形を取って暴れだす。それを祓うのが俺の仕事だ」

「この下に……」

叶海は、雨で濡れた石畳に触れると、濡れそぼった身体を両腕で抱きしめた。

得体の知れないものがはるか地下で蠢き、地上に住む人を襲おうとチャンスをうかがっている……そんな妄想が頭をよぎったからだ。

「叶海」

雪嗣はひとつ息を吐くと、叶海をじっと見つめた。

「人は脆く、すぐに死ぬ。ここは危険だ。だから……お前を嫁には――」

愁いを帯びた表情を浮かべた雪嗣は、言葉を選びながら話している。しかしそれらは、なにひとつとして叶海の耳へ届いていなかった。

「でき……って、うわっ」

話の途中にもかかわらず、叶海は雪嗣へ抱きついた。驚きのあまりに抵抗ができずにいる雪嗣へ、興奮気味に言う。

「雪嗣って本当にすごいね……！」

「は？」

「人知れず、悪いものから人々を守ってるんだ！　神様ってすごい……！」

叶海は雪嗣から身体を離すと、まるで憧れのヒーローを見る子どものように、キラキラした眼差しを向ける。

「私、龍沖村はすごく素敵なところだと思う。自然がいっぱいで静かで穏やかで……都会みたいな薄汚れた感じがなくて」

だからこそ、過疎化が進みつつある状況は哀しい。この光景が、雪嗣が少しずつ作り上げてきたものであればなおさらだ。できるだけ続いてほしいと心から思う。

「この村の綺麗なところ、優しいところ、全部、全部……雪嗣が身体を張って守ってきたんだね」

叶海は、龍沖村の人たちが雪嗣を慕う意味が、心の底から理解できたような気がして嬉しくなった。そして胸に手を当てると、雪嗣を真摯に見つめた。

「そ、そうか」

己が為してきた仕事を褒められて、雪嗣はまんざらでもないらしい。

ほんのり頬を染めた彼は、動揺したのか、すいと叶海から視線を外す。

すると、まるで夢見る乙女のような表情をした叶海がすかさず言った。

「……ああ、雪嗣が好きな理由をまたひとつ見つけた感じがする！　さすが、私の未来の旦那様。惚れ惚れしちゃうね……」

「はっ……？」

「押しかけ女房としては、これからもサポートを頑張らなくちゃって……痛い!?」

「きちんと話を聞いていたのか？　危険だと言っただろう!?」

雪嗣は指で叶海の両頬を力いっぱい摘まんだ。ギリギリと容赦なく襲いくる痛みに、叶海は涙目になりながらも言う。

「危険なのはわかるけど！　雪嗣言ってたじゃない。一番安全なのは俺のそばだって」

「……い、いや。それはそうなんだが……」

叶海が自信満々に言うと、つい先ほど己が発した言葉を思い出したのか、雪嗣は苦虫を噛み潰したような顔になった。

そんな彼に、叶海は得意げに笑う。

「危険だとわかっていても、私は雪嗣のそばにいたいよ。それくらいじゃ私の気持ちは揺るがない。だって、雪嗣のことが好きで、すんごい好きで、大好きだから！」

そう言って叶海が無邪気に笑うものだから。

雪嗣は顔を真っ赤に染めると、大汗をかいてやけくそ気味に叫んだ。

「〜〜〜っ。ああ、まったく！」

「いたっ……いだいいだいっ……！」

雪嗣は力いっぱい叶海の頬を引っ張ると、途方に暮れたようにつぶやいた。

「叶海はどうすれば俺をあきらめてくれるんだ……」

「内面も外面も素敵すぎる雪嗣が悪い！」

「意味のわからないことを言うのはこの口か！」

「ぎゃあ！　痛い！　痣になるう……これは責任取ってお嫁さんにしてもらうしか」

「それは困る」

　途端にパッと手を離した雪嗣に、叶海は恨めしげな視線を向けた。

　そしてそのまま、互いに見つめ合う。

「……フッ」

「……ププッ……」

　やがてふたりは、どちらからともなく視線を外すと、肩を震わせながら笑いだした。

「アハハ！　ああ、またフラれちゃったなあ……」

「はあ。ドッと疲れたな。まったく、叶海と一緒にいるといつもそうだ」

「私のせいなの……？　そもそも、お昼までに仕事を終えてなかった雪嗣が悪い」

「うっ……。量が多かったんだ、量が」

「知りませーん。罰として、今日は一緒にお風呂に」

「それは無理だ！　絶対に無理！」

　汚れるのも厭わずに石畳に座り込んで、賑やかに掛け合いをする。

ふと空を見上げると、垂れ込めていた黒雲の切れ目から、澄んだ青空が顔を覗かせている。突然の雨に鳴りを潜めていた蝉たちも、賑やかに歌いだした。

突然の雨に遮られた夏が、急速に戻ってきている。

「おおい、大丈夫かあ。すげえ雨だったけど！」

その時、濡れ鼠になった蒼空が石段を駆け上ってきた。

雪嗣と叶海は顔を見合わせると、綺麗な虹を背に駆けてくるもうひとりの幼馴染みに、晴れ晴れとした笑みを向けたのだった。

二話　星空と故郷での日々

それは、空一面に輝く星空が、都会では見られないと、叶海が知る前のことだ。

街灯が少ない田舎道には、星明かりを遮るものはあまりない。

闇夜に塗り潰された木々や家々の向こうには、無限の星の海が広がっている。

夜を彩るのは星々だけではない。田んぼの淵で繰り広げられる蛙（かえる）の大合唱に、草陰に潜む虫たちのオーケストラ。田舎の夜は、都会のそれよりも賑やかだ。

そのことは叶海にとってあまりにも日常だった。龍沖村は田舎だったが、年頃の女の子にしては、都会にさほど憧れを抱いていない叶海にとってはいい場所だ。

なにより、ここには大好きな彼らがいる。

小学六年の夏休み、叶海は夜中に家を抜け出した。リュックの中には、ジュースが入った水筒に、食べるのを我慢してとっておいたおやつ。念のための懐中電灯。

それらの荷物は昼間から用意してあったものだが、本来ならば両親が寝静まった後に出発する予定だった。けれど、両親はお互いを罵（ののし）るのに夢中で、叶海のことなんてこれっぽっちも気が付いていなそうだったので、時間を早めて家を出たのだ。

「私がいないって気が付いて、慌てればいい」

慌てふためく両親の姿を想像して、叶海は目尻ににじんだ涙を拭った。

叶海は気持ちを切り替えるようにパッと顔を上げると、星明かりにぼんやりと照らされている夜道を急ぐ。

足が地面を踏みしめるたびに、とん、とん、とリュックが跳ねて、背中を叩く。

それはまるで、叶海の沈み込んでいる気持ちを慰めてくれているようだ。リュックの奏でるリズムは、叶海が心寄せている彼が慰めてくれる時に少し似ている。

「急げっ！」

自分を鼓舞するように声をかけて、一気にスピードを上げる。

息が切れ、肺が痛むくらいに苦しい。けれど、その先に待つ人たちのことを思うと、なにもつらいことはなかった。

やがて龍沖村にある神社へ続く石段を一気に駆け上ると、すぐそこに人影を見つけて、叶海は満面の笑みを浮かべた。

「おまたせ！」

「来たね」

「オッス。早かったなあ」

それは雪嗣と蒼空だ。

彼らの姿を目にした途端、胸のあたりがほんのり温かくなる。耳にこびりついていた両親の罵声が遠くなったような気がして、一気に気持ちが緩んだ。

すると、そんな叶海を見た雪嗣が顔をしかめた。

「あのふたり、今日も喧嘩(けんか)していたのか」

「……うん」

雪嗣は叶海のことならなんでもお見通しだ。

叶海の些細な変化に、すぐに気が付くのはいつだって雪嗣だった。

雪嗣は、叶海の頭を優しくポンポンと叩くと、「大変だったな」と労ってくれた。

ポッと頬を赤らめた叶海に、それを間近で目にした蒼空が眉をひそめる。

そして、どこか意地の悪い笑みを浮かべて言った。

「そのうち別れるんじゃねえの」

「…………」

子どもながら残酷な言葉に、叶海は無言で蒼空の頭を叩いた。

「痛てえ!? この暴力女！」

頭を押さえた蒼空は涙目で叶海をにらみつける。しかし彼女の瞳がじんわりと濡れているのに気が付いて、バツが悪そうに唇を尖らせた。

ため息をこぼした雪嗣は、すかさず仲裁に入った。

「蒼空は言いすぎだし、そもそも暴力は論外だ。ふたりとも謝れ」

「……ごめん」

「……悪かったよ」

「よし、これで終わり！」

雪嗣は爽やかな笑みを浮かべると、いそいそと神社の奥へと進んだ。叶海と蒼空は視線を交わし、膨れっ面のまま雪嗣の後へと続く。

けれど、喧嘩なんて三人にとってはいつものことだったので、すぐに気を取り直したふたりは雪嗣の両脇に並ぶと賑やかに話し始めた。

こんな夜遅くに三人が集まったのにはわけがある。それは今日が特別な日だからだ。毎年、夏になると催される星々の饗宴。叶海が見たいと持ちかけると、幼馴染みのふたりは乗り気になってくれた。

三人がやってきたのは、神社の奥の森を抜けた先にある、村を一望できる高台だ。明かりひとつ届かないその場所は、星を見るのにうってつけだった。

「父ちゃんがこれ持っていけってくれた」

「お菓子！　それにしてもすごい量だね」

「雪嗣がいるって言ったらコレだぜ。すげえよな」

ふたりが蒼空の鞄から出てきた大量のお菓子を眺めている間に、さっさと持参したレジャーシートを敷いた雪嗣は手招きをした。

「早く来い。ピークまでには時間があるが、見逃すともったいない」

雪嗣の言葉に、叶海と蒼空は顔を見合わせてニカッと笑う。

「ペルセウス座流星群！　楽しみだなあ……！」

そう、今日は夏の流星群が極大を迎える日。夜空を数多（あまた）の流星が飾る日なのだ。

「流れ星、何個見つけたか競争しよう」

「お前ら願い事決めてきたか？　いっぱいありすぎて、どれから願うか迷うよな」

「蒼空、お前どんだけ欲深いんだ……」

賑やかに話しながら、三人はごろりとレジャーシートの上に寝転がった。

真ん中を位置取った叶海は、ワクワクしながら星空を眺める。

手を伸ばせば、触れられそうなほどの星空だ。黒一色のように見えて、昏（くら）い中にも様々な色がある。まるで、永遠に誰のものにもならない宝石箱。それは眺めているだけで、叶海の心をくすぐって夢中にさせた。

すると、雪嗣がおもむろに空を指さした。

「あれがベガ、アルタイル、デネブ」

「本当だ。夏の大三角形！」

「ペルセウス座は、大三角形から少し東の方だ。そこを中心に流星が見られる。条件がよければ、南の方に天の川が見えるはずなんだが……」

その瞬間、叶海と蒼空は勢いよく上半身を起こして、驚愕（きょうがく）の表情と共に言った。

「七夕じゃないのに!?」

「彦星、乙姫に会い放題じゃねえか！」

「い、いや、あのふたりが会える機会が年に一度なだけで。天の川は普通にある」

ふたりの真剣でどこか抜けた発言に、雪嗣はクックッと肩を揺らして笑っている。

己の発言の頓珍漢さに気が付いた叶海と蒼空は、引きつった笑みを浮かべた。

「し、知ってたし」

「冗談だ、冗談。ワハハハ……」

しかし、そんなごまかしが雪嗣に通じるわけがなく。ますます笑いが大きくなった雪嗣につられて、やがてふたりも笑いだした。

ひとしきり笑った後、叶海は目尻に浮かんだ涙を拭って雪嗣へ言った。

「ああ、お腹痛い。本当に雪嗣はいろんなことを知ってるね」

叶海がそう言うと、雪嗣は星空へ視線を向けて、しみじみとつぶやく。

「俺は時間だけはあるからな」

「うん？」

「なんでもない。それよりもほら、あれ――」

叶海は、雪嗣が指さした先に目を向けた。しかし、美しい星空が広がるばかりで、なにも変わりはない。

思わず叶海が首を傾げると、雪嗣は悪戯っぽく微笑んで言った。

「一個目」

「……！」

サッと青ざめた叶海は、勢いよく寝転ぶ。すると慌てたように蒼空も横になった。

そして、ふたりして目をギラつかせて夜空を眺める。けれど、こういう時に限って星は流れないものだ。

「流れ星ィ……」

ふたりが落胆していると、雪嗣はまた声を殺して笑った。

「もう！　それで、雪嗣はなにをお願いしたの」

半ば自棄になった叶海が訊ねると、彼は少し驚いたように目を瞬かせた。

そしてどこか遠くを見るような目をして、ぽつんと言った。

「……昔、再会を約束した人がいる。その人が早く来るように」

雪嗣はそれだけ言うと黙り込んでしまった。

――誰だろう？　村の人だろうか。それとも外の人？

気になった叶海は、訊ねてみようと口を開きかけて――けれど、すぐに意識が逸れてしまった。なぜならば、視界の隅に天翔る燐光を見つけてしまったからだ。

「……流れ星！」

叶海はパッと顔を輝かせた。胸の前で手を組み合わせて、懸命に願い事を思い浮かべる。はあ、と熱い息と共に目を開けると、流れ星は跡形もなく消え去っていた。

「蒼空、見た？　今の！」

「見た見た。俺も願い事したぜ！」

「よかったな、ふたりとも」

穏やかに言った雪嗣に、蒼空と叶海は大きく頷いた。

「俺、将来のことをお願いした！　かわいい嫁さんに、安定した収入！」

「……意外と堅実だよねえ、蒼空って」

「当たり前だろ？　今は不景気だからって、父ちゃんいつも言ってるからな！」

「へえ、かわいいお嫁さんかあ。誰か候補はいるの？」

叶海が興味本位で訊ねると、蒼空はすいと視線を逸らした。どこか言いにくそうに、しどろもどろになりながら答える。

「さ、さあな？　わかんねえ」

「アレでしょ、お盆に遊びに来る都会の子でしょ～」

「ど、どうだろうな⁉　女はみんなかわいいからな！」

蒼空は、まるでごまかすみたいに素っ頓狂な声をあげる。

「蒼空らしいね」

「………」

叶海の言葉に、あからさまに仏頂面になった蒼空は「お前は？」とぶっきらぼうに問う。叶海は黙ったまま星空を見上げて、両脇に寝転がったふたりの手を握った。

「おっ……おまっ……」

「叶海？」

怪訝（けげん）そうな声をあげたふたりに、叶海はクスクスと小さく笑うと、満天の星から視線を動かさないまま話し始めた。

「私は……三人で、来年も再来年も、ずっとずっと流星を見られますようにってお願いしたの。こうやって並んで、いっぱい笑って。大人になったら、もっといろんなことをしたいな。子どもにはできない楽しいことをたくさん！」

叶海の言葉には、どこか切なさがにじんでいた。

耳の奥には、両親たちの喧嘩の声がよみがえっている。もしかしたら、来年はここにいないかもしれない。そんな予感が叶海の胸いっぱいに満ちていて、思わずそんな願いをしてしまったのだ。

「そうだな」

すると、雪嗣は叶海の手を握り返した。そして、顔だけを叶海に向けて言った。

「叶えばいいな」

「……う、ん」

泣きそうになってしまった叶海は、言葉少なに頷いた。

すると、蒼空も叶海の手を握る。雪嗣とは違い、少し痛いくらいだ。

「よし、次の流れ星には、俺もそれを願うぜ」

「……！　ありがとう。蒼空」

叶海が笑みを向けると、蒼空は日焼けした顔をほんのり染めて無邪気に笑った。

そして改めて星空を眺める。

聞こえてくるのは、虫の鳴く声、木々のざわめきだけ。

この三人にしては珍しく静かな時間が流れたが、それはすぐさま雪嗣の声によって破られた。

「……二個目」

「あ、え!?　雪嗣、どこ！」

「俺も二個目～」

「ああ、蒼空まで！　ずるい！」

途端にいつものように騒ぎ始めた三人は、天翔る流星に夢中になった。

その後、夜遅くまで流星を数えていた叶海たちは、たくさんの願いを星に託して、幼馴染みだけの特別な時間を過ごしたのだった。

――結局、次の年の春、叶海は村を出ていくことになってしまった。

三人は、叶海が村にいる最後の日まで、過ぎ去りゆく日々を懸命に過ごした。

それは当たり前のようで、尊く、二度と経験できない貴重な時間。

その時間は、十年以上経った今もなお、彼らの心の中に深く刻まれている。

＊＊＊

辺りには水の匂いが満ちている。土の匂いとも草の匂いとも違う、胸がすくような匂いだ。鼓膜を激しく震わせているのは川の流れ。低く、絶え間ないその音は心地よく耳に響き、その場にいる者の心を柔らかく解してくれる。

ここは龍沖村の中央を流れる川のそばだ。削られて丸くなった石が一面に敷き詰められた河川敷には、幾人もの家族連れが避暑に訪れている。

夏の終わり。先祖の霊が戻ってくる頃になると、普段は静かな龍沖村も賑やかになる。なぜならば、都会へ出ていった子が孫を連れて帰郷するからだ。

しかし娯楽などまるでないこの村では、子どもたちは暇を持て余し気味になる。すると大人たちはバーベキューの準備をして、川辺へと繰り出すのだ。穏やかな流れが続くこの場所は川遊びにうってつけで、近隣の村々からも大勢が集まってくる。盆の墓参り以外では、夏の間、一番人口密度が高い場所であると言えるかもしれない。

今日も今日とて、太陽は燦々と大地を照らしている。

子どもたちは喜び勇んで川に飛び込み、水音と共にはしゃいだ声をあげた。

ビールを片手に大人たちが寛ぎ、飲みすぎた者が早々にいびきをかき始めた頃。

誰もが楽しげな雰囲気の中、約一名、仏頂面で座り込んでいる人物がいた。

「なんで俺がこんなこと」

それは龍沖村の龍神、雪嗣だった。

普段の白衣に袴姿とは違い、白いパーカーにハーフパンツとラフな恰好をしている。足を水に浸けて、川の流れをせき止めた場所に大きなスイカが浮かんでいるのをぼんやり眺めている姿は、誰が彼を龍神だと思うだろうか。

そんな雪嗣の様子に叶海はくすりと笑うと、不満でいっぱいらしい彼に声をかけた。

「別にいいでしょ。一緒に遊ぼうよ！」

ラッシュガードにショートパンツの水着を着て、膝まで水に浸かった叶海は雪嗣へと手を差し伸べた。しかし、雪嗣はどんよりした表情のまま、その手を見つめるばかりで、そこから動くつもりはないようだ。

「子どもじゃあるまいし、川に入ってどうするんだ」

「まあなあ。俺ら、もう水遊びではしゃぐ歳じゃやねえよな」

雪嗣のローテンションな言葉に追従したのは蒼空だ。彼も、今日ばかりは黒衣に袈裟ではなく、黒いタンクトップにハーフパンツの水着を身につけている。一応、水に入ってもいいように準備はしてきたものの、雪嗣同様に遊ぶつもりはないらしい。

するると、叶海はぷっくりと頬を膨らませた。

「今日は気晴らしに付き合ってくれるって言ったじゃない！　苦労してた仕事が一段落したんだから、これくらい……」

叶海は、昨日までの自分の状況を思い出して身震いした。

昨日やっと仕上げた仕事が、これまた難産だったのだ。

「フフ、フフフ。もうちょっとイイ感じでお願いしますってなに。イイ感じってどんな感じ⁉　社会人なら主語・述語・目的語を使ってつまびらかに説明しろ、お前の頭は空っぽか⁉」

苛立ち混じりに水を蹴る。

叶海をここ一カ月の間悩ませていたのは、アトリエで働いていた時に知り合った人から振られた仕事だった。とある企業のパンフレットに使うイメージイラストの作成で、もともとの担当が逃げてしまったからと泣きつかれたその仕事は、叶海でさえ逃げ出したくなるほどクライアントがひどかったのだ。

「お気持ちで直されたら、こっちはたまったもんじゃない。ええい滅せよ！」

まるでお腹を空かせた肉食獣のように荒ぶり、叶海が万感の思いを込めて叫ぶと、近くで遊んでいた子どもが逃げていった。

「ママ～。あのおねえちゃん、怖いよ」

「しっ……。見ちゃ駄目よ。人生って色々あるの。放っておいてあげなさい」

「……知らない人に同情された！」

――うう。鎮まれ、私……！

叶海が思わず水の中に座り込むと、雪嗣と蒼空は顔を見合わせて苦笑をこぼした。

「オイオイ、今日の叶海は荒れてんなあ」

「ここ一カ月は目が死んでいたからな……」

そんなふたりをちろりと横目で見た叶海は、ヨヨヨと泣き崩れて言った。

「傷心なの。もうこうなったら、ふたりにめいっぱい遊んでもらって癒やされるか、雪嗣にお嫁さんにしてもらうしか……」

「よしわかった、遊ぼう」

「ワハハハハ！　切り替え早すぎねえ？　雪嗣」

あれほど渋っていたくせして途端に立ち上がった雪嗣に、蒼空は大笑いしている。

叶海は内心ガッカリしつつも、清らかな川の流れを眺めながらつぶやいた。

「まあ、冗談はともかく。こうして、幼馴染み三人が久しぶりにそろったんだからさ。昔みたいに遊べたらって思ったんだよね」

両手で川の水をすくう。

ここも、雪嗣や蒼空と一緒に遊んだ思い出の場所だ。

当時のことを思い出すと、自然と優しい気持ちになるのはなぜだろう。

――やっぱり、私にとっての原風景は龍沖村。ここで私の人生が始まって、そしてこの村にはキラキラした宝物みたいな思い出がちりばめられている。

でもそれは、過去のことでしかない。新しい思い出だって欲しい、叶海はそう考えていた。

「昔、話したことあったでしょ。大人じゃなきゃできないことをしたいって。一生懸命流れ星に願ったけど、ずっと一緒にいるのは無理だった。あの頃の私は子どもで、願いを叶えるにはいろんなことに無力すぎたんだよね。でも、今は違う」

叶海はふたりを見上げると、へらりとどこか気の抜けた笑みを浮かべる。

「大人になってもまた三人でいられるの、すんごく嬉しいんだ。だから、遊ぼう」

そう言って、ふたりに向かって両手を伸ばした。

雪嗣と蒼空は顔を見合わせて、深くため息をこぼす。同時に小さく笑うと、水の中に入って叶海のそばに立った。

「そこまで言うなら仕方ないな」

「まったく、叶海はいつまで経っても叶海だな!」

そして、それぞれが叶海の手を取った――その瞬間。

きらりと目を光らせた叶海は、雪嗣と蒼空の手を思い切り引っ張った。

「うわっ」

「……おぉ!?」

見る間に体勢を崩したふたりは、大きな水しぶきを上げて水の中に倒れ込む。全身びしょ濡れになり、川の中で四つん這いになったふたりは、呆然と叶海を見つめた。そんなふたりに叶海はニヤリと悪魔のような笑みを浮かべて言った。

「フハハ！　引っかかったな野郎ども！　油断するなんてまだまだ甘い！」

叶海としては、自分ばかりがはしゃいでいるのが気にくわなかった。子どもっぽいという目で見られるのもだ。大人や神様だからといって、水遊びをしてはいけない道理はない。

大人ぶって、澄まし顔をしていたふたりの鼻を明かしてやったことに叶海が満足していると、その瞬間、ぞくりと怖気（おぞけ）が走った。

恐る恐る幼馴染みたちに視線を向ける。そして、自分に注がれる物騒な眼差しに顔を引きつらせると、こてりと首を傾げておどけた。

「てへっ」

「てへっ……じゃねえ！　ああ、びしょ濡れじゃねえか……！」

「おま……お前！　俺は水着じゃないんだぞ……！」

「なんですって！　雪嗣のパンツがピンチ！」

「パンツにすぐ食いつくな、馬鹿！」

雪嗣と蒼空は、勢いよく叶海に不満をぶつけると、吹っ切れたようにはしゃぎだした。お互いに水をかけ合ったり、早々に川から上がろうとした雪嗣を、ふたりがかりで川の中流に投げ込んだり……。

子どもたちを上回る三人の騒ぎっぷりに、周囲にいた大人たちは生暖かい視線を向けている。

「アハハハ！　ああ、楽しい！　あの頃に戻ったみたい……！」

全身びしょ濡れになり、髪からぽたぽた雫を滴らせて、顔をクシャクシャにして笑う叶海に、ふたりはどこか緩んだ顔で苦笑した。

「ああ。こういうの久しぶりだなあ。やっぱ楽しいな、ちくしょう！」

「ふたりに関わるといつもこうだ。まったく……」

「なによ、雪嗣は楽しくないの」

「……悪くはない、が」

素直じゃない雪嗣に、叶海と蒼空はニヤニヤ笑うとネチっこく絡みだした。

「おうおう、雪嗣も相変わらずだねえ」

「素直になれよ、その方が気持ちよくなれる」

「……誤解を招くような言い方はやめろ……！」

雪嗣はうんざりした顔をしながらも、ふたりに付き合ってやっている。

――ああ。疲労で凝り固まっていた心がほぐれていくみたい。

叶海は、賑やかにやり合いながらも、過ぎ去った日々を思わせるひと時に、じんわりと胸の奥が温かくなっているのを感じていた。

「バスタオルあるよ。人数分。気が利くね、これはお嫁さんにするべきだね」

「ありがたくは思うが、嫁にする理由としては薄弱だと思う」

「嘘。気の利かない嫁より、気が利く嫁の方がいいに決まってるよね……!?」

「残念ながら、そういうレベルの話をしていない」

「お前ら、火起こしできたぞ、当たれ、当たれ～」

心ゆくまで遊んだ三人は、河川敷のバーベキューエリアで食事にすることにした。

すでに空は陽が落ち始め、茜色に徐々に染まりつつある。子ども連れの家族が少なくなり、キャンプがてらやってきたグループがいくつか残っているくらいだ。先ほどまでの賑やかさとは打って変わって、河川敷にはどこか大人びた雰囲気が流れていた。

「さすが、雪嗣。神様だけのことはあるな」

すると、着々とバーベキューの準備を進めながら、蒼空がしみじみと言った。

バーベキューコンロの上でいい匂いをさせているのは川魚だ。誰かが買ってきたわけでも、釣ってきたわけでもない。笹の葉に包まれて、いつの間にやら叶海たちの荷物の近くに置いてあったのだ。誰かの忘れ物なのではないかとも思ったのだが、どうも違うらしい。

「山に棲まう物の怪たちが捧げてくれたんだ。ありがたくいただこう」

「そういうのを聞くと、雪嗣って本当に神様なんだって実感するね……」

感心しながらも、叶海は真っ白な塩を噴きながら、徐々に焼き上がってきた川魚を嬉しげに見つめた。そして、この場に相応しい飲み物の存在に思い至ると、いそいそとクーラーボックスの中をあさる。

「じゃーん。麦のジュース～」

「……ビールだろ。ビール。叶海も酒を飲むのか。知らなかった」

嬉しそうに大手メーカーの缶ビールを差し出した叶海に、雪嗣はあきれ顔だ。

「仕事終わりには、気持ちよく飲むって決めてるんだよね。好きなんだ、ビール。あ、もしかして雪嗣は日本酒の方がいい？　やめとく？」

「いや、いる」

キンキンに冷えた缶ビールを受け取ると、雪嗣は嬉しそうに目を細めている。

叶海はそのことに安堵し、またクーラーボックスの中をあさり始めた。

辺りには魚の焼ける香ばしい匂いが漂っている。塩が利いた淡泊な身に、炭酸の刺激はたまらなく合うに違いない。どの銘柄のビールにしようかと叶海が迷っていると、蒼空と雪嗣の会話が聞こえてきた。

「雪嗣、意外と飲むよな。毎日、晩酌してるんだっけか？」

「まあ、嫌いではない。晩酌は……好きでやっているわけではないが。捧げられた酒を残すわけにもいかないだろう？」

神社には、年始にたくさんの樽酒が奉納される。それを一年かけて飲んでいるらしい。せっかくの捧げ物だからと、誰にも分けることなく飲みきるのだから、かなりの酒豪と言えるだろう。

「あ、蒼空はどうする？　どれ飲む？」

「俺は愛車で来たからパスな、パス」

「え、車で来たんだっけ」

「いや、カブ。スーパーカブちゃん」

蒼空の言っているスーパーカブとは、ホンダが出している小型オートバイのことだ。世界最多量産の車種で、根強い人気がある。その人気は、映画や小説の題材にたびたび取り上げられるほどだ。

彼はスーパーカブを心から愛している。さらに、悪路が多い田舎ではカブは大変便利らしい。黒衣に袈裟のまま、ヘルメットとゴーグルを着用して、遠方の法事にもカブで赴くそうで、なんともアクティブな坊主である。

「そっか〜。それは仕方ないね。でも……」

叶海はしょんぼりと肩を落とすと、またゴソゴソとクーラーボックスの中をあさり始めた。そして次々とあるものを取り出し、キャンプ用の簡易テーブルに並べていく。

「大人たちが川辺で美味しそうにお酒飲んでるの、昔からちょっと憧れててさ。今日の晩ご飯、お酒に合う感じのメニューにしちゃったんだよね〜」

叶海が取り出したのは、あらかじめ調理済み、下ごしらえ済みの品々だ。

マグロのタルタルはクリームチーズと共にバゲットを添えて。

手作りの夏野菜のピクルス。それと、朝採れのとうもろこしは吉田さんからもらったものだ。チリビーンズソースをのせて、粉チーズをたっぷりかけて焼く。

豚のスペアリブは昨日の晩から漬けておいた。ニンニク醤油と蜂蜜の濃厚な手作りのタレが染み込み、飴色になっている。蜂蜜を入れてあるから、焼いても硬くならないのが特徴で、食べ応え充分。

変わり種にラムチョップも用意してある。根菜たっぷりの酸っぱいタレで食べるラムは、野趣あふれる味がしてお酒に合うことこの上ない。

それらは叶海が前日から張り切って作った料理だった。仕事の鬱憤もあり、力を入れすぎた感もあったが、三人で食べようと丹精込めて仕込んだのだ。

仕事終わりのお酒とバーベキュー。さぞ楽しかろうとワクワクしていたせいか、ややおつまみ感が強いラインナップになってしまった。

「……うーん。やっぱりお酒がないと味が濃いかも。なんかごめん」

「…………」

叶海が謝るも、ずらりと並んだ料理に男たちの目は釘付けだ。

「……ああもう。浮かれてて、お酒を飲まないって選択肢をすっかり忘れてた。おにぎりすらないや。仕方ない。蒼空だけ飲まないなんて可哀想だしね。これは持ち帰ることにして、家から野菜でも持ってこようか。適当に焼きそばでも作っておわ……」

叶海が苦渋の決断をしようとしたその瞬間、蒼空が叶海の腕を掴んだ。

ギョッとしている叶海をよそに、素早い動きでクーラーボックスの中身を確認し、きらりと目を光らせる。

「これじゃ、酒が足りねえな」

「えっ。飲まないんじゃ……」

叶海が困惑していると、蒼空は表情をキリリと引き締めた。そして軽やかにパーカーを羽織り、叶海たちに背を向けて片手を上げる。

「……しゃあねえな。追加で買い出し行ってくるわ。カブはどっかに預けてくる。帰りは親父に迎えに来てもらう」

「それはつまり」

「俺も飲む！　こんだけうまそうな料理、食わねえのはもったいねえだろ!?　だからお前ら！　絶対に俺が戻ってくるまで食い始めるなよ！」

そして怒濤の勢いで駆け出した。

あっという間に小さくなっていく後ろ姿を、呆気に取られて見ていた叶海と雪嗣は、自然と顔を見合わせ、同時に噴き出した。

「アハハ……！　私の料理、大勝利って感じ？」

「……クッ……ククク。本当に」

しばらくお腹を抱えて笑っていた叶海は、夕焼けに染まり、綺麗なすみれ色をしている空を眺める。

そして、ぽつりとまるで独り言のように言った。

「嬉しいなあ。昔は、三人で山盛りのお菓子を囲んでた。大人になった私たちは、美味しいご飯を食べながらお酒を飲むの。うん、同じ幼馴染みなのに、前に進んでる感じがして、ワクワクするね」

叶海は蕩けそうなほどに顔を緩めて、雪嗣に笑顔を向ける。

「……そうだな」

雪嗣はどこか眩しそうに目を細めると、手の中の缶ビールに視線を落とし、しばらくなにかを考え込んでいた。

＊　＊　＊

パチパチと焚き火が爆ぜている。

「……寝ちまったか」

陽が落ちてしまうと、この辺りは途端に闇が濃くなる。ポツポツと明かりは見えるけれども、濃厚な闇を払うほどではない。暗闇に沈んだ河川敷には、滔々と川のせせらぎの音だけが響いている。

飲みすぎたのか、はたまた疲れたのか……レジャーシートの上で眠ってしまった叶海に、蒼空は羽織っていたパーカーをかけてやった。そして、ゴソゴソとポケットを探り、煙草を取り出す。

火をつけて紫煙を吐き出すと、暗闇の中にぽつんと赤い光が灯った。

「煙草、いつから始めたんだ？」

雪嗣が訊ねると、蒼空は少しバツが悪そうに笑った。

「そういや、雪嗣の前では吸ったことなかったか」

蒼空は、煙草は成人する少し前から吸い始めたこと、友人付き合いの中で覚えたことを語った。

「口寂しい時に吸うくらいなんだがな。昨今、値段も上がってるし、やめた方がいいとは思いつつもずるずる続けてる」

「ふうん、そうか」

雪嗣は焚き火の炎を見つめながら、ビールをひとくち飲んだ。すっかり温くなってしまったそれに、僅かに顔をしかめて缶から口を離す。

すると、すかさず蒼空が冷えたビールを差し出した。

「別に供物じゃねえし、大事に飲む必要はないと思うぜ？」

「なにを言う。作ってくれた相手に申し訳が立たないだろう」

雪嗣は一気に缶の中身を飲み干すと、新しいビールを受け取った。蒼空は、煙草をくわえながら、クックツと喉の奥で笑っている。

「相変わらず、人にお優しいこって」

「それが俺という神だからな」

ふたりは視線を交わして小さく笑った。

蒼空は仏門に入った僧侶だ。しかし、地元の権力者である父に言われて、年老いた身体から幼い身体に戻ってしまった雪嗣の面倒を見てきた。

人の世に住み続けている神。神の世話をするために選ばれた子ども。

それが雪嗣と蒼空の関係だ。

普通ならば蒼空が畏まった態度をとりそうなものだが、それは雪嗣が許さなかった。友人のように、隣人のように。初めて会った瞬間にそう言いつけられた蒼空は、それ以来、気の置けない友人として接している。

だからふたりは、無言で意思疎通できるくらいには親しい。雪嗣が大人の身体へ成長すると、世話人の役目は不要となったが、幼い頃と変わらぬ距離で接している。

しかしここ最近、そんなふたりの関係に変化が訪れた。

それはもちろん叶海という存在だ。

「なあ、雪嗣。今日は何回求婚された？」

「……聞かないでくれ。数えるのは大分前にやめたんだ」

「ワハハ！　マジかよ。やるなあ、叶海」

「笑い事じゃない」

「お姫様も大変だな。求婚を断るのも一苦労だ」

「……だから俺は姫じゃないし、そもそも男だ」

「え、お前ってばヒロインみたいなもんだろ？　漫画なんかでよくあるよな。結婚してくれ〜っていろんなのが詰めかけてくるやつ」

「……勘弁してくれ……」

不満そうに唇を尖らせた雪嗣に、蒼空は楽しげに笑った。

「嫁にしてやればいいだろ。別に、誰かに禁止されているわけじゃない」

「………」

「あんまりにも毎回綺麗にフラれるもんだから、ちっと可哀想になるぜ」

一気にしゃべった後、ビールをあおる。ほのかな苦味が舌を刺激し、炭酸が弾けながら喉を下りていく。麦の香りが鼻を通るが、数本飲んだ後の嗅覚は慣れきって鈍くなっており、爽快感はまるでない。

「それと俺が叶海を受け入れるかは別の話だろう？」

蒼空が思わず顔をしかめていると、雪嗣はため息と共に言った。

「強情だな」

「言ってろ」

雪嗣のあまりにも見事な仏頂面に、蒼空は顔を背けて笑っている。それが気にくわないのか、雪嗣はじとりと蒼空をにらみつけると言った。

「そう言うんだったら、お前がもらってやればいいじゃないか」

「お、時代錯誤なことを言うなあ。叶海は物じゃねえし。自由恋愛が主流な今じゃ問題だぜ。それ」

「……だったら早く誰かと結婚しろ。お前の親父さん、いつまで経っても孫の〝ま〟の字も見れやしないと嘆いていたぞ」

「うわ、親父。なに言ってんだ……」

　実父の発言に頭を抱えた蒼空は、頬杖をついてため息をこぼした。

「今じゃ寺の跡継ぎの嫁なんて、なり手がいねえんだよ。朝は早いし、付き合いは多いし、一年中行事ばっかりで面倒だらけだ」

「その点、叶海は卒なくこなしそうなものだがな。愛想のよさは折り紙付きだ。唐突に突拍子もないことをしなければ、の話だが……」

「ワハハ！　確かに。コイツ、なんだかんだ芸術家肌なんだよな。インスピレーションを得たら、変だろうがおかしかろうが脇目も振らずに突き進むんだ。普段は犬コロみたいに無邪気なくせに、スイッチが入ると目の色が変わる。おもしれえよなあ」

　蒼空は気持ちよさそうに眠る叶海を眺めると、少しあきれたように言った。

「ほんと抜けてるよなコイツ。好きな相手を落としたいなら、ビキニくらい着ればいいものを。ラッシュガードって。どこで勝負してるんだ、どこで」

　そして煙草を一服吸い、紫煙をくゆらせながら、どこか懐かしそうに目を細める。

「これっぽっちも色気がねえ。……相変わらず、叶海は叶海のままだ」

叶海は変わったようで、まるで変わっていない。蒼空はそう思っている。

もちろん、見かけは変わっている。子どもの頃は腰まであった髪も、今はそれなりの長さで切りそろえているし、顔つきも大人びて、身体も女性らしいものになっている。身長は……蒼空自身が竹のようにヒョロヒョロと伸びたものだから、いまいちよくわからないが。

——彼女の心は、俺が眩しく思っていた頃そのままだ。

なにがあっても自分の気持ちにまっすぐ。思ったことがすぐに顔に出る。両親が不仲だったにもかかわらず、昔から悲観的な部分はなかった。天真爛漫で、思い込むと頑固なところがある。やると決めたら周りを巻き込んでもやり遂げる。それが不思議とうまくいく。だから誰にも好かれる。そんな女の子。

蒼空は当時の自分を思い出して、くつりと喉の奥で笑った。

あの頃、幼かった蒼空はそんな叶海に憧れていたのだ。村に同年代の異性が少なかったせいもあるのだろうが、自分とはまるで違う彼女にこっそり惹かれていた。

叶海は蒼空の初恋の相手だった。

——だから、叶海には幸せになってほしい。

誰しも、一度想いを寄せた人間が不幸になるのは見たくないものだ。

「人間、やっぱ好きな相手と結ばれるのが一番だぜ。初恋を成就させようって、努力しているコイツを見てると思う」

「なら、なおさら蒼空が嫁にもらえばいい」

雪嗣が顔から表情を消した。親しく思っていた神からの、やけに冷たい眼差しにドキリとする。しかし次の瞬間には、何事もなかったかのように表情を和らげた雪嗣は、どこか懐かしそうに言った。

「お前……あの頃、叶海のことが好きだっただろう」

「なっ！　ば、ばっか！　なに言ってんだ」

「バレバレだったよ。むしろ、あれで隠しているつもりだったのか……？」

心底不思議そうに首を傾げた雪嗣に、蒼空は動揺をごまかすようにビールをあおる。そして空になった缶を手で潰すと、弱りきったように眉を下げた。

「確かに、あの頃はコイツのことが好きだったけどよ。俺は昔よりも大人になったし、いろんなもんを見て、知った。酒もやるし、煙草も嗜む。女とも付き合ったことがあるし。……あの頃のままの気持ちじゃいられねえよ」

だからこそ叶海はすごいのだ、と蒼空は語った。

「初恋を今日まで温めて、その気持ちをまっすぐぶつけてる。普通じゃできねえことだと思うぜ？　それだけ雪嗣のことが好きなんだ。本気なんだよ」

「…………」

しかし蒼空の熱弁に、雪嗣は黙ったままだ。

――なにを考えてるんだか。

長い付き合いといえど、神である雪嗣の考えがすべてわかるわけではない。

黙り込んでしまった雪嗣に、蒼空はちろりと意地の悪そうな目を向けて言った。

「しかし意外だった。雪嗣が叶海の求婚を断るとはなあ。お前にとって叶海は、特別な存在なんだと思っていたからなおさらだ」

「……どうしてそう思うんだ」

「だってお前、これまでだって若い姿の時はあったと聞くが、叶海みたいなただの友達を作ったことはなかったそうじゃねえか。確かに、あの頃の村に子どもは俺たちしかいなかった。でも、お前は神で、叶海は人間だ。同じじゃねえよ。生きる世界が違う。普通に考えたら、深く関わるべきじゃない」

叶海と雪嗣の出会い。それは、別に誰かが引き合わせたわけではない。

ひとりポツンと遊んでいた叶海に、突然、雪嗣から声をかけたのだ。

あの時の驚きは、今でもまざまざと思い出せる。神である雪嗣がわざわざ自分から声をかけた特別な女の子。それは、蒼空にとっては解けない謎であり――それもまた、彼女を魅力的に思わせた一因でもあった。

「なあ、どうして叶海に声をかけたのか教えてくれよ、龍神様」

蒼空の言葉に、雪嗣はすいと視線を逸らした。

夜も更けてきて、風が徐々に強くなってきている。ざわざわと大きな音をさせて葉が擦れ、星空を背景に、影のように蠢く木々は生きているようだ。

雪嗣は、眠っている叶海をじっと見つめている。

そして僅かに目を細めると、次いで蒼空に優しげな視線を向けてこう言った。

「覚えているか。あの頃、俺と叶海と蒼空と——いろんなことをして遊んだな」

「あ？　……ああ。山やら川やら、田舎の子の遊びなんて、どこも似たようなもんだろうが……」

それこそ釣りをしたり、泳いだり、虫を捕ったり。一度、野ウサギを捕ろうとして、納屋から狩猟用の罠を持ち出して、大人に大目玉を食らったこともあった。

「あん時の川村の爺さん、怖かったな！　殺されるかと思ったぜ……」

「俺もお前たちが帰った後、懇々と説教されたよ。監督責任が云々って。和則が幼い頃は、俺がアイツを叱ってたくらいなのに」

「マジか、やべえな……」

「俺もそう思った。氏子に怒られる神なんて前代未聞だ」

蒼空は、幼かった自分を思い出して、少し恥ずかしくなった。でもそれは決して嫌な感情ではない。子どもだから未熟なのは当たり前で、間違うのもごく自然なことだ。

「それで、今の話と叶海に声をかけたことと関係はあるのか？」

蒼空が訊ねると、雪嗣は小さく肩を竦めた。

「思えば、俺は生まれた時から神だった。幼少期もなにもなく、気が付いたら俺は俺として完成していた。子どもの遊びなんて、永らく生きてきたが知らなかったんだ」

雪嗣はフッと気の抜けた顔をすると、クスクス笑いながら言った。

「初めは、ただの気まぐれだった。でも、お前たちと初めて一緒に遊んだ時、それがやけに楽しくて。その晩は興奮して夜も眠れないくらいだったよ。馬鹿みたいだろう。ただの子どもの遊びだ。他愛のないごっこ遊び。でもそれは、俺には初めての体験だったんだ」

だからやめられなくなったのだ、と雪嗣は少し恥ずかしそうに語った。

来る日も来る日も、ただの子どもとして野山を駆ける日々。

当時のことを思い出しているのだろう。雪嗣はうっとりと目を瞑って語る。

「心が躍ったよ。なんでもないことが無性に楽しかった。身体の年齢に心が引きずられていたのかもしれない。簡単に捨てたくないと思うくらいには、お前たちと過ごす日々に夢中になった」

「……雪嗣」

思わず蒼空が名を呼ぶと、雪嗣はおもむろに手を伸ばしてきた。そして、蒼空の頭にポンと手をのせ、やや乱暴な手つきで撫でくり回す。

「お、おい。ガキじゃねえんだから……」

蒼空がたまらず抗議の声をあげると、雪嗣はまるで子ども時代を思わせるような無邪気な笑みを浮かべて言った。

「蒼空からすれば不可解だろうな。神のくせに、しかも随分と永いこと生きているくせに、人とは違うもののくせに――俺は、お前たちと同じ子どもでいたかった」

その瞬間、蒼空の脳裏に子ども時代の光景がまざまざとよみがえってきて、たまらなく切なくなった。

なにも考えずに追いかけた虫、意味もなく眺めた雲の流れ、なんとなく飛び込んだ新雪の中。意味のないことをしても赦されるのは、子どもだけだ。

幼少期――それはまるで真夏の川面のようだ。キラキラ、キラキラ。眩しいくらいに煌めいて、大人になった今思い返すと、眩しくて見ていられない。

泣きたい気分になって唇を噛みしめた蒼空に、雪嗣はさらに話を続ける。

「氏子たちも俺の行為を容認してくれたからな。調子に乗って、お前たちの幼馴染みの地位に納まった。叶海には悪いことをしたと思っている。騙したようなものだ。幸い、彼女はこれっぽっちも気にしていないようだが」

「……それで、人間の子どものふりをして俺らと過ごしていたのか」

当時の蒼空は、わけもわからず雪嗣に従っていた。神なのに、どうして人間のように叶海と接しているのかという疑問は持っていたが、深い考えがあってのことなのだろうと理由を訊ねることはしなかった。しかし、今になって冷静に考えてみると、自分も含めた幼馴染みの関係は非常に歪であったと思う。

ひとりは神で、ひとりは神に仕える世話人だった。三人の中で、普通なのは叶海ただひとりだけだったのだ。

なにかモヤモヤしたものを感じて、蒼空は顔をしかめた。すると、雪嗣は満天の星を見上げ、まるで自嘲するかのように言った。

「――俺だって馬鹿じゃない。ここにいる誰よりも遥かに永い時を生きてきたんだ。自分の行為がどれほど愚かなことか、それくらい理解していた。悪かったな、ひとりで抱え込んでいたのか？」

「……い、いや。そういうわけじゃねえが」

雪嗣の言葉に、蒼空はなにか煮え切らないものを覚えた。

これは本当に雪嗣の本音なのだろうか？　そんな疑問が頭をよぎる。

何百年とこの村で過ごしてきた神が、たったひとりだけを特別扱いするものだろうか。そこには、別の理由があるのではないか――？

しかし、蒼空が抱いた疑問は、その後すぐに続いた雪嗣の言葉に意識が引きずられ、頭の隅に追いやられてしまった。

「お前たちは、俺に充実した日々をくれた。まるで人間みたいに思い出を作ることができた。それにはとても感謝している。だからこそ……叶海と蒼空と俺。この幼馴染みの関係を壊したくないとも思うんだ」

そして雪嗣は、どこか泣きそうな顔になった。端正な顔に困惑の色をにじませて、まるで助けを求めるかのように蒼空を見つめている。

「ただの仲のいい幼馴染み、それじゃ駄目なのか……？」

しみじみとつぶやかれたその言葉に、蒼空はゆっくりと首を横に振った。

「駄目だろうな」

「なぜだ？　無理に変わる必要はないだろうに」

「まあ、気持ちはわかるが。そんなこと、絶対に無理だと俺は思う」

蒼空にバッサリ斬られた雪嗣は、グッと眉根を寄せる。

肩を竦めた蒼空は、まるで自身に言い聞かせるかのように語った。

「人間は日々変わっていくもんだ。神様と違って、いつ命が消えるかわからない中を、精いっぱい生きている。だから刹那に感じた気持ちを、そして相手へ抱いた想いを大切にする。好きな相手がそこにいるのに、ずっとお預けされたままなんて、残酷なことだと思わねえか」

永遠とも思える命を持つ神と、定命の者――それらが同じ場所に存在する龍沖村。

雪嗣と人間とでは、たとえ同じ場所に住んでいたとしても、その肌が感じている感覚はまるで違うのだろう。

雪嗣にとって、人の一生は瞬く間に過ぎ去っていくものだ。

しかし人にとっては、それがすべて。

雪嗣に付き合ってのんびりかまえてなんていられない。それに――。

「永遠に仲良しな幼馴染み。それは多分、すげえ楽な関係なんだろうな。でも、俺らは大人になっちまった。不変なものなんて、この世にないことを知っちまった」

蒼空が子どもだったなら、無邪気にずっと先まで続く未来を信じられたのだろう。

しかし、多くの人間と出会い、知識が増え、綺麗なものも汚いものも目にしてきた蒼空には土台無理な話だ。

「叶海がお前に求婚した時点で、俺らの関係は前と変わっちまったんだ。昔には戻れねえ。なら……これからのことを考えねえと」

「……そうだな」

「チッ」

物憂げに瞼を伏せた雪嗣に、蒼空は思わず舌打ちをした。

叶海の気持ちも大切にしたいし、応援してやりたいとも思う。

しかし——蒼空自身、雪嗣の気持ちもわからなくもないのだ。この三人の関係は、それほどまでに心地いい。そうなると、叶海の恋心が煩わしいものに思えるから、人とは自分勝手なものだと思う。

「ああ、人生ってままならねえな」

——ずっと子どものままでいられたなら。

ふと浮かんできた考えに、蒼空はひそりと眉をひそめ、思い切り煙草を吸った。

——叶いもしねえ妄想をしても仕方がねえよな。誰も、大人になんかなりたくてなったわけじゃねえのに。ちくしょう。

蒼空は内心で悪態をつくと、ふうと紫煙を吐き出しながら言った。

「なあ雪嗣。お前はどうしたい」

すると、雪嗣は薄茶色の瞳で蒼空をじっと見つめた。

焚き火の炎が映り込み、黄金色に輝いて見えるそれは、人知を超えた神の瞳だ。

しかしその瞳は、今は人と同じように不安そうに揺れている。

「話せ。お前が望むなら——俺が、叶海にあきらめさせる」

「……い、いや。待て。待ってほしい」

すると蒼空の言葉を雪嗣が遮った。彼は強ばった顔をしてなにか考え込んでいる。

その表情を見て、おや、と蒼空は片眉を上げた。どうやら雪嗣は、完全に関係を拒絶することには迷いがあるらしい。

——もしかして。

にんまり笑った蒼空は、悪戯っぽい瞳を雪嗣に向けた。

「なあ。意外と叶海っていい身体してるよな」

「……なっ!? ば、馬鹿か。俺は神だぞ、そんな俗物的な考えをするものか！」

「俗物で悪かったな。じゃあ、なんで真っ赤になってんだよ。気がねえなら、ふうんで終わればいいだろ」

「うるさい。俺は赤くなってない。断じて赤くなってないぞ……！」

雪嗣はぷいとそっぽを向くと、ぐしゃりと手の中の缶を潰した。

「う、わ……っ！」

途端に、モコモコと白い泡が缶の中からあふれてきて、慌てて手を離す。

苦虫を噛み潰したような顔になった雪嗣は、じっと地面に落ちた缶を見つめた。

そして深く嘆息すると、蒼空に一瞥もくれないまま言った。

「時間をくれないか。時間が欲しい」

「そうか」

蒼空はくつりと喉の奥で笑うと、もう一本ビールを取り出し、雪嗣へ差し出した。

「ほれ、もっと飲めよ。神とか人間とか、色々めんどくせえよな。簡単に答えが出るもんでもねえ。頭がぐちゃぐちゃしてどうしようもねえ時は、酒に頼るってのが大人ってもんだ。そうだろ？」

「大人？　……お前にそんなことを語られるのは、すごく変な気分なんだが」

まだまだ子どもの頃の印象が抜けないのだろう、雪嗣はどこか複雑そうだ。

「悪いな。神様からすればまだまだひよっこなのかもしれねえが、人間社会では、立派な大人に分類されてるもんで」

蒼空は見せつけるように煙草を吸うと、どこか余裕のある笑みを浮かべた。

「……そう、だったな」

「まあ、好きなだけ悩めよ。俺が言うのもなんだが、叶海は悪くねえと思うぜ。気を遣わなくていいし、飯はうまいしな。お前らが結婚したら、気兼ねなく遊びに行ける場所が増えそうで、俺は願ったり叶ったりなんだが……」

「…………」

――神様のくせに。迷子になった子どもみたいな顔をしやがる。

噴き出しそうになった蒼空は、たまらず顔を逸らした。

「う〜ん……」

その時、叶海が寝返りを打った。ムニャ、と寝言をこぼした叶海は、幸せそうに緩んだ顔を晒している。好きなものでも食べているのかもしれない。眠っているはずなのに、モゴモゴ口が動いている様は笑いを誘う。

——能天気な奴。

自分が置かれた状況も理解せず、のんきに眠りこけている幼馴染みの紅一点。

——ああ。まったくコイツは。本当に変わらない……。

悩み続けている雪嗣に、蒼空はわざとおどけたように肩を竦めて言った。

「ま、すぐに結論は出さなくていいんじゃねえの。迷ったら相談に乗るぜ。俺は龍神の世話人だが、お前の友でもあるからな」

あえて逃げ道を作った物言いをすると、雪嗣はホッと肩の力を抜いた。

わかりやすいな、と蒼空が内心おもしろく思っていると、雪嗣は白い肌をほんのりと染めて、信頼しきった眼差しで蒼空を見つめた。

「ありがとう。お前にはいつも助けられてばかりだ。頼りにしている」

蒼空は一瞬ポカンと雪嗣を見つめて、それから口元を手で隠して視線を逸らした。

「なんだ、改めて言われると照れくせえな。そっか。……うん、変なこと言いだして悪かったな！」

そして日に焼けた顔を太陽みたいに輝かせると、雪嗣の背中をやや乱暴に叩いたのだった。

＊＊＊

──痛い……。

背中全体に伝わるゴツゴツした感触があまりにもひどくて、叶海はゆっくりと目を開けた。そして目の前の光景をすぐに理解できず、パチパチと何度か目を瞬く。

そこに広がっていたのは、一面の星空だ。

家の天井ではない。星明かりに彩られた空。

手で身体の下を探ると、ゴロゴロとした硬い石が触れた。せせらぎの音もする。

その瞬間、ようやく自分の状況を理解した。

どうやら、食事中に寝てしまったらしい。

「お、起きた」

「やっとか……」

すると、そんな叶海の視界にひょいと誰かが映り込んだ。雪嗣と蒼空だ。

機嫌がよさそうな蒼空とは対照的に、雪嗣は心底あきれかえった顔をしていて、叶海はサッと顔を青ざめさせた。

「アハハ……。寝ちゃったんだね、私」

「飲みすぎだぞ、馬鹿」

「さっさと片付けようぜ。明日に響く」

──好きな人の前でこんな醜態を晒すとは……。くっ。アルコールって怖い。

叶海は、己の失態を悔いながら身体を起こそうとして──動きを止めた。ポカンと口を開けたまま静止した叶海に、蒼空と雪嗣は怪訝そうに顔を見合わせている。

「……！　ねえ、見て！」

叶海はふたりの胸ぐらを掴み、深く考えずに思い切り引っ張る。虚を突かれたふたりは、体勢を維持できずに前のめりに倒れ込んだ。それは叶海の身体の上で、のしかかってきた成人男性ふたりぶんの重みに、叶海も潰れた蛙みたいな声をあげる。

「ギャッ……重い！　どいてよ！」

「お前が引っ張ったんだろう！」

「痛ってえ〜！　叶海、今日二回目だぞ、これ！」

怒りで顔を真っ赤にしている雪嗣に、涙目の蒼空。

叶海はふたりに「ごめん！」とおざなりに謝ると、興奮気味に空を指さす。

「だって、ほら！」

ふたりは訝しみながらも空を見上げた。その瞬間、燐光が星空をよぎる。それも、いくつもいくつも数え切れないほどだ。

雪嗣と蒼空は顔を見合わせると、ほぼ同時に言った。

「……ペルセウス座流星群」

それは、三大流星群のうちのひとつ。

そして幼馴染み三人が、あの最後の夏に眺めたものでもある。

「すっごい、綺麗……！」

叶海は満面の笑みを浮かべると、目を瞑ってなにかを願い始めた。雪嗣と蒼空はというと、あまりのことに呆然と星空を眺めながら、その場に座り込んでいる。

やがて叶海は目を開けて、どこかワクワクした顔でふたりへ向かい合った。

「私、願い事したよ！　ねえ、ふたりは？」

ふたりがゆっくりと横に首を振ると、叶海は意外そうな顔をした。

「あれ？　しなかったの？　もったいないなあ」

そして嬉しそうに頬を染め、ふたりに向かってこう言った。

「私、星にお願いしたの。これからも、今日みたいに三人でいられるようにって」

すると蒼空が意外そうな顔をして、雪嗣へちらりと視線を向ける。

「てっきり、雪嗣のお嫁さんになれますようにって願ったのかと思ったぜ」

「まあ……それも私の願いのひとつだけど」

叶海は照れくさそうに笑うと、まるで翌日に遠足を控えた子どもみたいに、目をキラキラ輝かせて言った。

「お嫁さんになれるかはわからないけどさ。私と雪嗣と蒼空は、なにがあったって、いくつになっても幼馴染みだから。この先もずっと一緒にいられたら楽しいでしょ！」

叶海の言葉を聞いた雪嗣と蒼空は、一瞬呆気に取られたようにポカンと固まった。

「……な、なに。私、変なこと言った……？」

あまりの反応の薄さに不安になった叶海は、おもむろに起き上がった。そして、言い訳のように早口で言葉を並べる。

「ほら。万が一……私が雪嗣と結婚できなくてもさ。その時は少し距離ができたりしちゃうかもだけど、爺と婆になったらどうでもよくない？」

「爺と」

「婆……」

ようやく反応を見せたふたりに、叶海は安堵しつつも話を続けた。

「お互いに歳を取って、シワッシワになって。お煎餅をかじりながら、あの頃は若かった！　結婚すればよかった、いやいや……なんて、私たちなら話せると思うんだ。なんか、そんな感じがしてるんだよね。だって、私たちだよ？　こんな仲のいい幼馴染み、他にいないよ！　きっとこの先も一緒にいられる……って、聞いてんの？」

叶海は、俯いて笑い始めたふたりをじとりとにらみつけた。

「こっちは真剣に話してるのに！　まったくもう」

不機嫌そうに頬を膨らませた叶海に、蒼空と雪嗣はやっと顔を向けた。

そして、息も絶え絶えにこう言ったのだ。

「……ヒヒヒッ！　なんだそれ。まったく叶海は叶海だな。ああ、真剣に悩んでた俺らが馬鹿みてぇ……」

「ククク……。ホント、叶海は……。大人になっても困ったものだな」

「どういうこと!?　ふたりだけで納得しないでよ～！」

思わず叶海が抗議すると、ふたりは叶海の頭をポンポン叩いて謝った。

「わりぃ、わりぃ！」

「そうだな、言い方が悪かった」

「ちょっ……！　頭がボサボサになるでしょ!?　なに、急になんなの。痛いから。脳細胞が死んじゃうから!!　やめてぇ！」

雨のように降り注ぐ男たちの手に、叶海は涙目になっている。

「さあなあ」

「幼馴染みだろ。読み取れ」

ふたりは顔を見合わせると、叶海にとってはよくわからないことを言って、また大笑いをしたのだった。

＊＊＊

ややあって、ようやく落ち着いた三人は帰り支度を始めた。

バーベキューの道具を片付けていた叶海の視界に、ふと雪嗣の姿が入る。

叶海はこくりと唾を飲み込むと、気づかれないようにそっと雪嗣へと近寄る。

そして彼のパーカーの裾を掴んで、小声で声をかけた。

「……今日は気晴らしに付き合ってくれて、ありがと」

「ああ」

雪嗣は片付けの手を止めると、柔らかな笑みを浮かべて頷いた。

「いつも炊事洗濯をしてもらっているからな。これくらいはかまわない。まさか、水遊びまで付き合わされるとは思わなかったが……」

「へへへ。すっごく楽しかった。昨日までの鬱憤が綺麗さっぱり消えたよ」

「それならよかった」

叶海が笑うと、雪嗣は片付けを再開しようとした。

しかし、黙りこくったままの叶海に気が付いて、小さく首を傾げる。

「どうした？」

「………」

しばらく無言でいた叶海は、意を決したように口を引き結ぶと、雪嗣の耳元へ顔を寄せて囁いた。

「あのさ。……水着、見る？」

「はっ……!?」

途端に、雪嗣が素っ頓狂な声をあげたので、慌てて口を塞ぐ。蒼空がこちらの様子に気づいていないのを確認した叶海は、生真面目な顔をして囁くように言った。

「雪嗣に見せようと思って水着を新調したものの、いざ当日になったら恥ずかしくなっちゃったの！　でも、このまま終わるのはもったいないじゃない!?　子どもじゃあるまいし、頻繁に海やら川やらに行くわけでもないしね。……だからさ」

話しながら、着たままだったラッシュガードのファスナーを下ろしていく。

しかし、怖じ気づいてしまってすぐに手を止めた。

——うう。顔から火が出そう……！　でも、ここでやらねば女がすたる！

叶海は覚悟を決めて、ファスナーを握っていた指に力を込め、一気に引き下げた。

すると——。

「な〜にしてんだ、お前ら？」

ぬっと蒼空が覗き込んできて、叶海は固まってしまった。

「サボってんじゃねえよ。さっさと片付けしようぜ。眠くなってきちまった……」

ボリボリと頭をかいた蒼空は、叶海の頭をポンポンと雑に叩くと、近くにあったクーラーボックスを手にした。

そして眠たげな瞳でふたりを見つめて、心底不思議そうに首を傾げる。

「——どうしたんだよ、お前ら。真っ赤だぞ」

「〜〜〜〜ッ！」

同時に声にならない悲鳴をあげた雪嗣と叶海は、パッと互いに背を向けた。

——もう駄目。恥ずかしくて死ぬかも……!!

穴があったら入りたいほどの羞恥心に駆られ、叶海は手で顔を覆って耐える。

「なんだあ？ おい、雪嗣。お〜〜い。俺の声、聞こえてるか？」

背後では、雪嗣に絡んでいるらしい蒼空の声が聞こえる。

——雪嗣に悪いことしちゃったなあ……。

ここにきて、やや冷静さを取り戻した叶海は、自分の行いを激しく後悔した。

突然、目の前でファスナーを下ろされるだなんて、さぞかし驚いたことだろう。これではまるで痴女ではないか。雪嗣に嫌われてしまったかもしれない。

——ううう。浮かれすぎちゃった……。

この場から逃げ出したくなる衝動を必死にこらえ、雪嗣の様子をうかがうため、そっと振り向く。すると、ちょうどこちらを振り返ったらしい雪嗣と、ばっちり視線が合ってしまった。

「……え」

その瞬間、叶海は驚きのあまり自分の目を疑った。

なぜならば――。

「……叶海の馬鹿者」

いつもは凛としている雪嗣が、真っ赤な顔をして涙ぐんでいたのだ。

怒りをこらえるかのように小刻みに震え、キュッと眉間にしわを寄せる様は、なんとも匂い立つような色気があり――思わず、叶海はその場にくずおれた。

「尊い……っ！」

「なにがだ!!　まったく、本当にお前という奴は！　二度と、叶海とは水辺に来ないからな!!」

「えええ!?　そんな殺生な……！」

すがりつく叶海を、雪嗣が邪険に振りほどく。

その様子を呆気に取られて見ていた蒼空は、苦笑混じりに言った。

「叶海、なにしたんだよ。雪嗣がここまで怒ることって滅多にねえだろ」

「ううっ！　わ、私はただ……かわいい水着をね」

「やめろ。言うんじゃない!! 大馬鹿者！」

「馬鹿から大馬鹿になったー！」

思いもよらぬ進化に叶海が打ちひしがれていると、ふわりとなにかが肩にかけられたのがわかった。

「これ……」

それは雪嗣のパーカーだ。

そっと見上げると、彼はどこか気まずそうに顔を逸らしたまま言った。

「……若い娘が安易に他人へ肌を晒すものではない。自分をもっと大切にしろと言っているんだ」

「雪嗣……！」

瞳を潤ませた叶海は、ほんのりと温もりが残っているパーカーを握りしめた。

「ありがとう。私、大事にするよ。私自身も……このパーカーも」

うっとりとパーカーに頬ずりする叶海に、雪嗣の顔が盛大に引きつる。

「誰がやると言った。やらんぞ、それは俺のだ。洋装はあまり持っていないんだ。絶対に返してもらうからな！」

しかし雪嗣の手をひらりとかわした叶海は、不敵な笑みを浮かべて、いやに素早い動きで距離を取る。

「ふはは。返してほしくば、我から奪ってみるがいい！」

そしてやけに芝居がかった台詞(せりふ)を残すと、その場から遁走(とんそう)した。

「〜〜〜ッ！　あの大大大馬鹿者!!」

今日、何度目かの悪態をついた雪嗣は、怒濤の勢いで叶海を追いかけ始める。

その場に取り残された蒼空は、煙草へ火をつけ、ふうと白い煙を吐き出すと、ひとりごちた。

「……ガキかよ。あいつら」

そしてクツクツと喉の奥で笑うと、まるで子ども時代に戻ったかのようなふたりを、楽しげに眺めたのだった。

三話　秋色の世界、豊穣の祭り

盆が過ぎると、山間にある龍沖村の空気は一気に変わる。暑さは見る間に過ぎ去り、涼しげな風が村中を渡るのだ。

風に乗って新しい季節を告げるのは、赤とんぼ。夕焼け空よりもなお赤い体で、縦横無尽に空を飛び回る。何匹か連れ立って飛ぶ様は、まるで暑すぎる季節が過ぎ去ったことを喜んでいるかのようだ。彼らの姿を見ると、ついつい有名な童謡を口ずさみたくなるのは、そこにある世界があまりにも華やかで、見ている人の心まで色づいているからかもしれない。なにせ、白一色に埋め尽くされる前のこの季節は、心弾むくらいに世界が様々な色で彩られるのだから。

そんなある秋の日。雪嗣は、田んぼの畦道（あぜみち）を歩きながら満足げに頷いた。

「今年も無事に実ったか」

夏が過ぎ、伸びやかな青さを失った龍沖村は、稲穂の黄金色に衣替えをしていた。

この季節、雪嗣が最も好むもの……それは収穫期を迎えた田を眺めることだ。

収穫期の田園の美しさは、秋の風景の中でも群を抜くだろう。

米は豊かさの象徴だ。この国の人々の主食であり、雪嗣が守り慈しむべき村人たちの生活を経済的にも支えている。

だから、秋風に吹かれて稲穂がざわざわと賑やかな声をあげるのを聞くと、雪嗣は嬉しくなる。その音は、人々の喜びの声にも聞こえるからだ。

「おーい、雪嗣ー！　お昼ご飯の時間だよー！」

その時、遠くから叶海の声が聞こえた。

社へ続く石段の下にエプロン姿の叶海がいる。雪嗣が小さく手を上げて応えると、満面の笑みを浮かべてこちらへ駆けてくるのが見えた。

「まるで子どもだな」

叶海の後ろに、あるはずもない尻尾が見える気がする。千切れんばかりに左右に振られる尾。それはまるで、母親に甘える子犬のようだ。蕩けそうなほどに細められた目には、なんの曇りもない。ただただ愛情だけがこもった視線を向けられるたび、雪嗣はくすぐったい想いに駆られた。

「ふ……」

思わず噴き出しそうになるのをこらえる。

息を切らして目の前までやってきた叶海はそんな雪嗣を不思議そうに見つめると、ニカッと白い歯を見せて笑った。

「今日のお昼ご飯は、オムライスだよ！　ゆっくり歩いてきて。雪嗣が家に到着するタイミングで、ふわっふわのとろとろになるように卵を仕上げるから」

「……？　そうなのか？」

「うん！」

てっきり、もう昼食ができあがっているものだと思っていた雪嗣は、小さく首を傾げる。叶海はくるりと背を向けると、顔だけをこちらへ向けて僅かに頬を染めた。

「だって、好きな人には一番美味しいタイミングで食べてほしいもの！」

そしてパタパタと石段へ向かって軽やかに走りだす。

秋の薄い陽光に照らされて、叶海の黒髪が一瞬、黄金色の田園ににじんだ。

「――……戻るか」

数瞬、叶海の後ろ姿に見惚れていた雪嗣は、おもむろに石段へ向かって歩きだした。

途端に、ぐう、と腹が悲鳴をあげて笑みをこぼす。

「……まったく」

雪嗣は、すっかり叶海の味に魅了されている自分をおかしく思った。

人と同じように歳を取るこの身体には糧が必要だ。

しかし、これまで食事を待ち遠しく思ったことはなかった。

別に氏子たちが用意してくれる食事が不味かったわけではない。いや……一部、奇抜な料理を作る者はいたにはいたが。供されるのは、基本的に郷土料理を中心とした、代わり映えのしない和食ばかりだった。馴染みのある味ではあるが、何度も何度も口にしていると、さすがに新鮮味はなくなってくる。

だからなのだろう。叶海の作る食事は、出てくるものすべてが雪嗣にとって目新しく、美味に感じられた。叶海がこの村に戻ってからの半年間、食事の時間が待ち遠しくて仕方がないくらいだ。

『覚悟しておきなさい。雪嗣の胃袋は私が掴む……！』

幼馴染みの、宣戦布告とも取れる言葉を思い出してため息をこぼす。

それは、初めての求婚を断った数日後、荷物を抱えて家に押しかけてきた叶海が放った言葉だ。

その時は鼻で笑ったものの、気が付けばこの体たらく。

神といえども、美味な食事の誘惑には抗えないらしい。

「まったく、叶海は本当に愉快な奴だな」

朝、顔を合わせたら嫁にしてくれ。飯をうまいと褒めても嫁にしてくれ。ことあるごとに求婚してくる叶海との日々は、初めこそ困惑したものの、意外と居心地は悪くない。なにより雪嗣自身、前よりも随分と笑うようになった。おかげで、氏子である村人たちから『最近の龍神様は親しみやすくなった』と言われる始末だ。

雪嗣も神だ。威厳があって然るべきなのに、叶海が絡むと、どうも空気が緩んでしまう。叶海自身がいつもニコニコ笑っているから、つられてしまうのかもしれない。

これは由々しき問題ではないだろうか。

「でも——まあ」

叶海が来る以前よりも、村人たちとよく話すようになった。

神として、それはいいことかもしれない。

雪嗣はクツクツと喉の奥で笑うと、フラれてしょぼくれている叶海を思い出した。料理上手で、愛嬌(あいきょう)がある。祖母の幸恵との関係も上々で、村人ともうまくやっている。過疎化が進むこの村でも、問題なく仕事を続けている。

なにより彼女は、蒼空と同じく雪嗣の幼馴染み。気心が知れているし――時折見せる無邪気な笑顔はかわいいとも思う。

「きっと、叶海を嫁にもらったら、笑いの絶えない家庭になるのだろうな」

叶海が聞いたら喜びのあまりに卒倒しそうなことをつぶやきつつも、その表情は浮かない。

ふと空を見上げれば、綺麗なうろこ雲が広がっていた。空は昔と変わらぬ姿を見せてくれるが、地上へと視線を移すと、主を失った家々が視界に飛び込んでくる。

雪嗣はおもむろに瞼を伏せると、遠い日に想いを馳せた。

雪嗣がこの村にやってきてから、すでに数百年の時が流れていた。

巡りくる季節ごとに、村の風景は変わっていった。

この村のことを、雪嗣はなんでも知っている。貧しかった時も、豊かだった時も、嬉しいことも、哀しいことも。そこに生きた者も、去っていった者も――。

神である雪嗣は、すべての出来事を鮮明に思い出せる。

『龍神様……！』

その瞬間、懐かしい声が聞こえた気がして、雪嗣は瞼を開けた。

ざ、ざざざ……と稲穂の間を風が通り抜けていく音がする。

まるで海原のように黄金色の稲穂がうねり、風の通り道が可視化される。

しかし、雪嗣が求めている声はどこからも聞こえない。幻聴だったようだ。

「……俺は馬鹿か」

雪嗣は吐き捨てるように言うと、小さく苦い笑みをこぼした。

トクトクと心臓が高鳴っている。

雪嗣はそんな自分の反応を忌々しく思いながら、再びゆっくりと瞼を伏せた。

また強い風が吹く。夏に比べると随分と身軽なその風は、雪嗣の白い髪も、袴の裾も、髪に結わえられた赤い布をも巻き上げて、気まぐれにどこかへ行ってしまった。

――ああ、稲穂が。風が。あの頃と変わらない音がする。

雪嗣は脳裏に浮かんだ光景を振り払うように首を振ると、悲鳴をあげている胸を手で押さえ――反対の手で、髪を結わえていた赤い布を外した。

「……お前がいなくなって、もう何度目の秋だろうか」

陽光よりも透き通った白い髪が、束の間の自由を得て風の中で躍る。

雪嗣はその布をじっと見つめると、まるで口づけをするように唇で触れた。

「俺は、いつまで待てばいい……？」

龍神がこぼした言葉は、あっという間に風に流されて消えてしまう。

黄金色に染まった景色の中で、血のように鮮やかな赤を持つその布は、まるで己の存在を主張するかのようにひらり、ひらりと風になびいていた。

＊＊＊

「おーい、提灯。こんなもんでいいべか」

「もうちょっと右！　斜めになってるべ」

普段は静謐な空気が流れている境内に、賑やかな声が響き渡っている。

雪嗣と叶海が住む家にも、戸が開け放たれて村人たちが出入りをしていた。畳敷きの居間には、商工会議所から持ち込まれた机が並べられ、叶海と雪嗣だけでは持て余し気味のその部屋が狭く見える。

今日は龍沖村の収穫祭の日だ。毎年、米の収穫が終わった後に催され、無事に作物が収穫できたことを龍神に感謝する祭りで、村人がこぞって神社に集まり、朝まで飲み明かすのが慣例となっていた。

そしてこの日は無礼講だ。

神と人という垣根を越えて、杯を交わしながら村の未来を語り、近況を報告し、他愛ない話をする。

この祭りには、人々に神である雪嗣の存在を再確認させ、ここが神の棲まう地であることを自覚させる役割があるのだ。

台所では、今まさに祭りで供される料理が作られている。そこから漂ってくる食欲がそそられる匂いは、これから祭りが始まるのだということを予感させ、着々と準備を進めている人々の顔を緩めさせた。

「うわ、すごい量！　随分大きい猪だったんですね」

叶海が、山のように積まれた猪肉をしげしげと眺めていると、みつ江は料理の手を止めることなく自慢げに話し始めた。

「これをな、こんにゃくと根菜と……あとは味噌と生姜で煮る。うめえぞ～。酒も進むが、飯も進む！　昔、戦争なんかでなんも食うもんがねえ時代は、これが一番のご馳走だった」

「んだんだ。猪は畑を荒らすべ？　だから丹精込めた野菜の敵～って、どこの男衆も目の色変えて猟に出たもんだべなあ」

「違う、違う！　そんな大層なこと考えてねえべ。一番でっかい猪獲った男はモテたもの！　そっちが本命だ～」

「確かに！　男ってそんなもんだ。アッハハハハ！」

姦し四人娘が笑い声をあげると、その場が一気に明るい雰囲気になった。

みつ江たちがこんな調子であまりにもあけすけな発言を繰り返すものだから、叶海はお腹を抱えてうずくまってしまった。

「……ああ、笑いすぎてお腹痛い……！」

「なんだ、こんなのまだまだ序の口だべ。保子さんとこの馴れ初めなんて聞いた日にゃ、笑いすぎて翌日筋肉痛になるべ」

「んだんだ。何回聞いてもたまんねぇよなあ」

「なにそれ、聞きたい！　叶海ちゃんも！」

「や、やめれって～！」

また賑やかな笑い声があがる。するとそこに和則がやってきた。

「おうい、幸恵。そろそろ〝贄(にえ)さん〟の準備をせねば」

「ああ、そうだべな」

「……〝贄さん〟？」

和則と幸恵のやりとりに、叶海は首を傾げた。

なぜならば、小学校卒業まで龍沖村に住んでいたというのに、まるで聞き覚えのない言葉だったからだ。

すると、幸恵はおもむろに叶海の前に立つと、まるでお使いでも言いつけるように、気楽な口調でこう言った。

「叶海、ちょおっと……生贄になってほしいんだけど」

「……は？」

——生贄。それは、叶海の知識に間違いなければ、神に捧げられる供物のことだ。

基本的に動物を用いることが多いが、場合によっては人を供物とすることもある。日本神話で、八岐大蛇(やまたのおろち)に奇稲田姫(くしなだひめ)が捧げられそうになった逸話はあまりにも有名だ。災害や疫病などを防ぐために命を捧ぐ……つまりは、犠牲になる存在。

「なっ、ななな!? なにを言ってるのよ、お婆ちゃん！」

——生贄が必要な事態がこの村を襲っているってこと!? それとも、毎年誰かが犠牲になっているとでも……!?

あまりのことに、叶海の頭の中が疑問符でいっぱいになる。ニコニコ、普段と変わらない笑みを浮かべている祖母を物恐ろしく感じて、思わず一歩後退った。

「あ、あの。冗談だよね？ 生贄なんて、ねぇ……」

きっと他の誰かが止めてくれる。そう信じて、叶海が助けを求めるように視線を向けると、女性たちは真顔で顔を見合わせた。

「悪いこと言わねえから、幸恵さんの言う通りにするんだ」

「んだんだ。名誉なことだべ。生贄になるのは」

「よかったなあ。叶海ちゃん」

——だ、駄目だこれ……！

叶海は叫び出したい衝動を必死にこらえた。

気が付けば、先ほどまで賑やかだった台所が、しんと静まりかえっている。さっきまで楽しく話していたはずの人たちが、真顔で叶海を見つめている。特に表情の浮かんでいないその顔は、まるで知らない人のようだ。

山奥の因習の村、迷い込んだ人間の末路——。

一昔前のホラー映画で使い古されたような煽り文句が頭をよぎる。

ぞわぞわと恐怖心が募ってきて、叶海は逃げ場を探して辺りを見回した。

しかし、勝手口は荷物で埋まり、居間へ続く戸を塞ぐように和則が立っている。どこにも逃げ場はない。

観念した叶海は、へたりとその場に座り込んだ。

——そうか、そういうことか。今までみんなが親切にしてくれたのは、私を生贄にするためだったんだ……！

ひとり絶望感に駆られていると、幸恵が叶海の肩をぽんと叩いて笑った。

「なあに、なんも怖がることはねえよ……」

「恐怖しかないでしょ!?」

あまりのことに叫ぶと、呵々と笑った幸恵は、思いのほか強い力で叶海の腕をしっかと掴む。そして、奥の部屋へと向かい始めた。

「……うわあああ！　やだあ！　助けてえ！　まだ死にたくない！」

引きずられながらなりふりかまわず叫ぶと、女性たちは叶海に声をかけた。

「叶海ちゃん、頑張れ〜」

「楽しみにしてっかんな〜」

「人の死を楽しみにするなんて悪趣味すぎない!?」

「アッハッハッハ！」

たまらず怒りをぶつけるも、返ってきたのは陽気な笑い声。

途方に暮れた叶海は、天に向かって叫んだ。

「せめて雪嗣のお嫁さんになってから死にたかった〜！」

「はいはい、静かにするべぇ」

こうして叶海は、幸恵に有無を言わさずに家の奥へ連れていかれたのだった。


――一方、その頃。

叶海の悲痛な想いがこもったその声は、当たり前だが、祭りの準備を進めていた雪嗣にも届いていた。

「……なにをしてるんだ、あの馬鹿」

「ワハハハ！　相変わらず情熱的だな、アイツ」

雪嗣は、周囲の村人や幼馴染みの蒼空から注がれるおもしろがるような視線に、とんでもなく渋い顔をすると、海よりも深いため息をついた。

＊＊＊

「紛らわしいんだから！　あらかじめ言ってくれたらあんなに騒がなかったのに！」

奥の部屋に移動した後、叶海が抗議の声をあげると、幸恵はため息をこぼした。

「当たり前だべ……。誰が進んで自分の孫の命を捧げるもんか！　ああ、うちの叶海はどうしてこうも思い込みが強いのか」

「それが私のいいところでもあり、悪いところでもあるんじゃないかな！」

「口だけは達者だべなあ」

苦笑を浮かべつつ、幸恵はテキパキと準備を進めていく。

叶海は自分の間抜けさ加減にあきれつつも、姿見に映る自分に目を向けた。

そこには、普段とはまるで違う自分の姿があった。

深紅の下地に、牡丹や菊、それに桜が刺繍された豪華絢爛な色打ち掛け。実際に神前式で使われたのだというそれは、紛れもなく花嫁衣装だ。しかし、その下に纏っているのはなぜか白装束で、死者に纏わせるのと同じシンプルな装束が、色打ち掛けの鮮やかさを際立たせている。

それが〝贄さん〟の衣装だ。

龍沖村の収穫祭は、時代に合わせて何度も形を変えてきた。それは純粋に収穫を祝うだけの祭りであったり、戦中には水杯を交わすだけの質素な祭りもあったという。

そして——現代。収穫祭は、生贄を捧ぐ祭りとして今に伝わっている。

恐ろしいことに、この村でもかつては生贄が捧げられていた時代があったのだそうだ。しかしそれは、雪嗣が来る前の話だ。

この龍沖村という土地は、もともと水害に遭いやすい場所だった。荒ぶる水神を慰めるために生贄が用意されたわけなのだが、雪嗣のおかげで水害もなくなった。

しかし、どうしたことか生贄という風習だけが残ったのだ。

もちろん、今の時代における〝生贄〟は、命を捧ぐ役目を担っているわけではない。

収穫祭に於いて雪嗣の隣に侍り、酌をする。神を歓待する役目なのだ。

とはいえ、実際に行われた生贄の儀式の名残はあり、〝贄さん〟に選ばれた女性は、一時的に神の花嫁とされる。そのための婚姻衣装だ。しかし、生贄が生者のままではいけないので、死者であるために色打ち掛けの下に死に装束を纏う。

そして〝贄さん〟に選ばれるのは、この村に定住し、未婚で妙齢、さらには村一番美しい女性なのだそうだ。過疎化が進んだせいで、ここ十数年は〝贄さん〟役がいなかったそうだから、小学校卒業と共に村を出た叶海が知らなかったわけである。

「ほれ、動くな。紅が綺麗に差せねぇべ？」

「うう。本当にそんなに真っ赤なのを塗るの？」

「なにを子どもみたいなこと。我慢すんべ！」

「だって、普段はこんな派手な色は塗らないもの……」

叶海が情けない声をあげている間にも、幸恵は慣れた手つきで支度を進めていく。

「文句ばっかり言うでねぇ。〝贄さん〟は、龍神様に負けねぇくらいに美人でねば。それに昔っから、真っ赤な唇は色っぺぇもんだって決まってる」

すると、不安そうに眉をひそめた叶海は、ちらりと姿見に目を向けた。

うっすらと白粉を塗られて、真っ赤な紅を差された顔は、普段と違って大人びて見える。ぽってりと差された深紅の紅。それは、叶海が想像していたものよりも自然に肌に馴染み、まるで熟れた果実のように艶めいている。

叶海は姿見に顔を近づけると、しげしげと眺めてから言った。

「……おお。確かに色っぽい、かも？」

「普段はこれっぽっちも色気ねえからな！」

「お婆ちゃん！」

　叶海が頬を膨らませると、幸恵は呵々と笑った。いつまで経っても子ども扱いが抜けない幸恵を不満に思いながらも、叶海は自分の恰好を見下ろす。

「……それにしても、〝贄さん〟かあ……」

〝贄さん〟について想いを馳せていた叶海は、選ばれた人間が、最も村で美しい女性であるという事実を思い出した途端、にんまりと笑った。

「美人……ふふ。美人って」

　すると、後片付けをしていた幸恵がさもおかしそうに言った。

「なにを馬鹿なこと言ってるだ。今、この村に未婚の娘は叶海しかいないべ？」

「うっ。わかってるし。ちょっと浸りたかっただけだし」

　叶海は一瞬顔を引きつらせると、色打ち掛けを眺め、そして不安そうに眉をひそめた。なぜならば、ある噂を思い出したからだ。

「ねえ。未婚の女子が婚姻衣装を着ると、行き遅れるって言わない……？」

　正直、アラサーの叶海にとっては由々しき事態である。

　すると後片付けをしていた幸恵が、にんまりと怪しい笑みを浮かべる。思わず叶海がギョッとすると、幸恵は口元を隠しながらこう言った。

「心配すんな。この村では、〝贄さん〟に選ばれた娘っこは、幸せな結婚をするって言われててなあ」

「……え、本当？」

「んだ！　だから、年頃の娘が多かった時代は、お役目の争奪戦になったもんだ。龍神様のお嫁さんになりたいんだべ？　それなら、やっといて損はねえ」

「……！」

その瞬間、叶海のやる気ゲージが満タンになった。

この村に来て約半年。あっという間に春から秋になってしまった。雪嗣は相も変わらず頑なに叶海の求婚を拒み続けている。このままじゃ埒が明かない。叶海としては、なにかきっかけが欲しかったところなのだ。

「お婆ちゃん！　私……立派にお役目を務めてみせる！」

「おう。頑張れや～」

気合い充分に拳を握りしめている叶海に、後片付けを終えた幸恵はおざなりに返事をして、まるで花嫁の付添人のように斜め後ろへ控える。そして、少し気取った口調で言った。

「さあ、贄さん。龍神様のおそばへ」

──わ。なんか、変な感じ。

これも習わしのひとつなのだろうか。

祖母の言動を少しくすぐったく思いつつも、叶海はしずしずと歩きだした。

徐々に、今日の祭りのメイン会場である居間が近づいてくる。

すると、途端に期待と不安で胸がいっぱいになり、自然と足が鈍った。

──雪嗣、どういう反応をするかな。

美味しい料理を作っても、掃除を頑張っても、なにをしても雪嗣には通じなかった。今日のこの衣装はどうだろうか。綺麗だと思ってもらえるだろうか。一体、どうすれば彼に受け入れてもらえるのだろう……。

まるで出口のない迷路に迷い込んでしまったようで、満タンになっていたやる気ゲージがみるみるうちに減っていく。

──もしこれが駄目だったら……今日こそは心がくじけてしまうかもしれない。

自分に〝幸せな結婚〟なんてものは待っているのだろうか──？

息苦しさを感じた叶海は、とうとうその場で立ち止まってしまった。

「……叶海？　どうした、顔色が悪いぞ」

心配そうに顔を覗き込んでくる幸恵に、叶海は無理矢理笑みを作って言った。

「ご、ごめんごめん。少し休憩してもいいかな」

「ありゃ、着物の帯がキツかったべか。どれ、手直しを……」

「いいの、いいの！　朝から準備を手伝ってたせいで、疲れただけだと思う」

叶海は近くにあった障子戸へ手をかけると、からりと開け放った。

「ちょっとだけでいいからさ。ね？」

「…………」

するると、幸恵は小さく肩を竦めて苦笑を浮かべた。

「まだ祭りの準備は終わってねえからかまわねえよ。後で声をかけにくるから」

「うん。……お婆ちゃん。ありがとう」

部屋の中へひとりで入る。後ろ手で引き戸を閉めて、幸恵の足音が遠ざかるのを聞く。そして、辺りに人の気配がなくなったのを確かめると、小さく息を漏らした。

ここは、普段は滅多に足を踏み入れない場所だった。雪嗣の儀式用の衣装や道具がしまわれている部屋で、籐製の行李が山積みになっている。ちょうど、庭にある木の陰になっているからか、室内は薄暗く、沈んでいるように見えた。

「……はあ。いつになくネガティブだわ。私らしくもない」

ため息をこぼし、室内に入っていく。

夏の盛りが過ぎ、秋を迎え、徐々に冬の気配を感じてきたせいで、どうも気弱になっているらしい。順調にいくとは露ほどにも考えてはいなかったが、さすがにこうも手応えがないと精神的にくるものがある。

叶海は近くにあった丸椅子に腰掛けると、ほうと息を吐いた。

「雪嗣、なにしてるのかな……」

こんな状態になっていても、頭に浮かぶのは大好きな幼馴染みのことばかり。

自嘲気味に笑みをこぼした叶海は、ぼんやりと障子に映し出された木の影を眺めた。

するとそこに、誰かの足音が近づいてくるのがわかった。

トントンとリズムよく廊下を歩いてきたその人物は、叶海のいる部屋の前で立ち止まると障子戸に手をかける。

「……！」

障子越しに見えた人物の影に見覚えのあった叶海は、どうすればいいかわからず、あわあわと両手を宙にさまよわせた。

すらり、障子戸が開くと、その人物は部屋の中に叶海がいるのに気が付いて、目を見張った。叶海はいたたまれなく思いながら、軽く片手を上げる。

「やあ……」

「…………」

雪嗣は、しばらく叶海を見つめたまま動かなかった。

逆光のせいか、表情がよくわからない。

「ごめん。ちょっと休憩させてもらってた」

「……そうか」

鷹揚に頷いた雪嗣は、スタスタと室内へ入ってきた。

そして行李の中から紙束を取り出す。

「あ、私も手伝おうか？」

「いや……紙垂用の紙が足りなかったから取りに来ただけだ。手伝ってもらうほどのことじゃない」

「そっか」

色打ち掛けの袖を指でいじりながら、黙々と行李の中を探っている雪嗣を見つめる。

——やっぱり反応ないなあ。せっかく、お婆ちゃんに綺麗にしてもらったのにな。

少しくらい褒めてくれてもいいじゃないかと、雪嗣をにらみつける。すると、雲間に隠れていた太陽が顔を覗かせたのか、薄暗い室内に明るい光が差し込んできた。

——あれ……。

その瞬間、違和感を覚えた叶海は小さく首を傾げた。

雪嗣の耳や頬が、ほんのりと赤い気がする。もともと肌が白いこともあって、感情が肌に出やすい質ではあったが、この状況で赤くなる理由がわからない。もしや、熱でもあるのだろうか。

「ねえ、雪嗣……」

不思議に思った叶海は、おもむろに立ち上がった。

祭りの当日に具合を悪くするなんて大事だ。熱でも測ってやろうと近づく。

「わっ……！」

しかし、その瞬間に色打ち掛けの裾を踏んづけてしまった。

「叶海！」

すぐに異変に気が付いた雪嗣は、素早く叶海の身体を支えた。

あわや転倒するところだったが、雪嗣のおかげで倒れずに済んだ。安堵の息を漏らした叶海は、ゆっくりと顔を上げる。すると、思いのほか近くに雪嗣の顔があって、心臓が勢いよく跳ねた。

「あ、ありが……」

慌ててお礼を言おうとして、けれども雪嗣の異変に気が付いて口を閉ざす。

叶海はまじまじと雪嗣の顔を見つめると、彼の両頬をぐにっと手で挟み込んだ。

「……な、なにを――」

動揺している雪嗣をよそに、じっと顔を眺める。

先ほどと変わらず、雪嗣の頬はほんのり染まっている。体温も上昇しているようだ。

額にうっすら汗がにじんでいる。しかし、体調不良を引き起こすほどではない。

ならば――この熱の原因は？　こんな間近にいるのにもかかわらず、彼が叶海から不自然に視線を逸らす理由は――？

そこまで思考を巡らせた瞬間、ある結論に至って、自分の体温が跳ね上がるのを感じた。雪嗣の頬から手を離して、彼の胸にそっと手を添える。

するとそこから、激しい鼓動が指に伝わってきて、叶海は叫び出したくなるのを必死にこらえた。こくりと唾を飲み込んで、恐る恐る口を開く。

「あの……さ」

乱れてしまった髪や色打ち掛けを慌てて直すと、上目遣いで雪嗣を見つめた。

「……どう、かなあ？　私の〝贄さん〟姿……」

――ああ。声が震える。今すぐここから逃げ出したい……。

恐怖心と闘いながら返答を待つ。

雪嗣はパクパクと口を開けたり閉めたりしていたが、ボリボリと頭をかいてから、視線をあらぬ方向へ逸らしたまま言った。

「……き、綺麗だと……思う」

「……っ！」

叶海は、ぱあっと顔を輝かせると、勢いよく雪嗣に抱きついた。

「嬉しい。嬉しい、嬉しい、嬉しい……ッ！」

「お、おまっ……！　なにを……！」

衝動に任せてぎゅうぎゅうと締めつける。

ただ単に褒められただけ。それだけなのに、沈んでいた心がふわふわと浮かび上がってきた。まるで枯れかけた花が水を得たように、心が満たされていく。

「……雪嗣、ありがとう」

自然と涙がこぼれる。そんな叶海の様子に、一瞬、呆気に取られていた雪嗣は、すいと視線を逸らすと、気まずそうに唇を尖らせた。

「素直に思ったことを口にしただけだ。他意はない」

「それでもいいの。女の子はね、褒め言葉ひとつで天にも昇る気持ちになれるんだ」

幸福の絶頂だと言わんばかりに顔を蕩けさせている叶海に、雪嗣はちらりと視線を投げると、そっと手を伸ばした。

そして、親指の腹で涙を拭うと、目を細めて叶海を見た。

「……そんなものなのか。知らなかった」

「神様なのに？」

「たとえ神であろうとも、知らないことはある」

そのまますするりと叶海の頬を撫でた雪嗣は、熟れた果実のような叶海の唇に視線を落とした。そしてしばらく黙り込むと、おもむろに口を開く。

「……まだ、俺のことが好きか？」

叶海は何度か目を瞬くと、まるで花がほころぶように笑う。

「どうしてわかりきったことを聞くの？　伊達に毎日求婚してないよ」

「そうか」

そう言うと、雪嗣は口を閉ざした。

室内に静寂が落ちて、遠くから祭りの準備をしている人の声が聞こえてきた。風で庭木が揺れて、室内に差し込む影が躍る。

――どうしたんだろう？

叶海は自分を見つめたまま動かなくなってしまった雪嗣に、内心ひどく動揺していた。なにより、好きな人との距離が近すぎて、どうにも落ち着かない。

それに、自分を見つめる雪嗣の瞳の奥に、見たこともない〝熱〟が存在しているように思えて、どうすればいいかわからなくなってしまった。

けれど、このままずっとこうしているわけにもいかない。

「あの……ゆき……」

勇気を出して、叶海が口を開いた時だ。

「叶海〜。そろそろいいべか！」

勢いよく障子戸が開き、幸恵が顔を覗かせた。

「……っ！」

その瞬間、ふたりは勢いよく離れた。

ぜいぜいと肩で息をして、真っ赤になった顔を手で押さえる。

「な〜にしてんだ、叶海。龍神様まで」

「べ、別に⁉　ななな、なにもしてないよ⁉」

「本当かあ？」

疑わしげな幸恵に、ガクガクと勢いよく頷く。幸恵は叶海を、頭のてっぺんから足のつま先まで眺めたかと思うと、途端に目をつり上げて言った。

「おめえ、せっかく綺麗に着付けたってのに、グシャグシャでねえか！　髪も乱れてるし、化粧も崩れてるし……ああ、まったく！　こっちゃこい‼」

そしてむんずと叶海の手を掴むと、強引に引っ張った。

「全部、一からやり直しだ！　ああもう、忙しいってのに……！」

「ご、ごめん。お婆ちゃん」

プリプリ怒っている幸恵に、叶海は申し訳なく思いながら、ちらりと雪嗣を見た。

雪嗣はというと、部屋の隅にしゃがみ込み、なにやらブツブツとつぶやいている。

「……お、俺は一体なにを……」

その様子にくすりと笑みをこぼした叶海は、彼の背に向かって言った。

「ちょっとお色直ししてくるから。先に行っててね、旦那様！」

愕然とした顔で叶海を見つめた雪嗣は、いつもの調子を取り戻して答えた。

「誰が旦那様だ、誰が！」

「あはは……！」

叶海は大口を開けて笑うと、手をヒラヒラ振って、幸恵の後に続く。

そんな叶海の後ろ姿を、真っ赤な顔をした雪嗣はじっと見つめていた。

＊＊＊

祭りは一晩中行われ、空が白み始めた頃に解散となった。

帰り際、村人たちは代わる代わる雪嗣のもとを訪れ、挨拶をしていった。

「来年も、どうぞよろしく頼みます」

「米はお前のところのが一番出来がいいからな。来年も期待している」

「ありがとうごぜえます！」

雪嗣はひとりひとりに違う言葉をかけ、笑みを交わす。

祭りの間中、村人たちから何度も酒を注がれ、かなりの量を飲んでいるはずなのに、顔色ひとつ変えず対応する姿は凛々しい。村人たちからの言葉をしっかりと受け止め、温かな言葉をかけてやる様は、普段の印象とはまるで違った。

──ああ、本当に雪嗣は龍神なんだなあ。

そんな今さらなことを考えながら、叶海は自分に与えられた役目を全うした。

叶海は、村人たちが三々五々帰っていくのを見送ると、ようやく〝贄さん〟の衣装を脱ぐことができた。

化粧を落としてホッと一息ついた叶海は、なんとなく縁側に座る。疲れ切ってはいるが、頭が冴えてしまって眠れそうにない。仕方がないので、眠くなるまで縁側でのんびり過ごそうと思ったのだ。

「……はあ」

朝日が眩しい。先ほどまでの喧噪はどこへやら、鳥の鳴き声だけが響く境内はまるで別世界のようで、祭りの後の静けさほど寂しく思えるものはない。

──あの時の雪嗣……なんか、変だったな。

薄暗い部屋で急接近した時のことを思うと、顔が熱くなる。

自分を支えてくれた雪嗣の逞しい身体の感触。幼少期とは明らかに変化しているそれに、どうにも落ち着かなくなる。

それとは別に違和感も覚えるのだ。いつもの雪嗣ならば、さっさと叶海から離れそうなものなのに、意味ありげに自分を見つめる姿が目に焼きついている。

あれには、なにか意味があったのだろうか……？

——よくわかんないや。

答えが出ないことを考えていても仕方がないと、叶海は早々に思考を放棄した。

そして、ぼんやり朝の空気に浸っていると、玄関先で雪嗣と和則が話しているのが聞こえてきた。

「ありがとう。和則のおかげで、今年も無事に祭りを終えることができた」

「いやいや、そんなことねぇべ。オラは別になにも……」

「謙遜しなくていい。俺は、氏子の中で和則を一番頼りにしているんだ」

すると一瞬だけ間があって、和則が盛大に笑った。

「いやあ、そんなに褒められると照れるべ。こりゃ、病気なんてしてらんねぇなあ」

「和則は生まれた時から頑丈なのが取り柄だったろ？」

「ワハハ！　確かに、ガキの頃は風邪ひとつ引かなかったなあ。悪戯ばっかりして、龍神様に何度怒られたことか」

「だろう？　なあ、和則。病院には通っているのか」

「ちゃんと定期的に検査もして、薬も飲んでるべ。こないだみたいな長期入院はしばらくなさそうだな。……ああ、龍神様を心配させちまっただ。もったいねえ。オラは大丈夫です。大丈夫ですだ」

「そうか。なにかあったら言ってくれ」

「もちろんです」

するとそこで会話が途切れた。玄関の方向へ目を遣ると、曲がった腰をかばうように、ゆっくりとした足取りで去っていく和則の後ろ姿が見える。

なんとなくその背中が小さく見えて、叶海は思わず顔をしかめた。

――この村に未来はあるのだろうか。

ふとそんなことを考えて、胸が苦しくなる。

龍沖村は着実に過疎化が進んでいる。叶海が住んでいた頃は、もっと大勢の人がこの村で生活していた。たった十年ほど前のことなのに、今はその半数もいない。

「……人は、世界は、移ろいゆくもの。変わらないのは神様だけ……」

叶海はぽつりとそうつぶやくと、勢いよく顔を上げた。バタバタと忙しなく自室へ行き、机の上からスケッチブックを持ち出す。

そして改めて縁側に座ると、すい、と鉛筆を紙の上で走らせる。

叶海の脳裏に浮かんでいるのは、先ほどまで目の前で繰り広げられていた祭りの光景だ。誰もが笑顔で、美味しいご飯があって、人々の中心には雪嗣の姿がある。

それは移ろいゆく世界の中で、この瞬間にだけ表れたかけがえのないもの。そして、叶海が残すべきだと思う光景だ。

「……うん」

叶海はじっと紙面を見つめ、夜通しの祭りの後であることもすっかり忘れ、夢中になって手を動かした。

やがて——ある程度まで書き込みが進むと、叶海はふうと息を吐いた。

「すごいな」

するとその瞬間、すぐ隣から声が聞こえて、飛び上がりそうになってしまった。

「わっ……！　あ、雪嗣」

「ああ、すまない。驚かせてしまったか」

叶海の真横に雪嗣が座っている。どうやら絵に夢中になりすぎて、雪嗣が来たことすら気が付かなかったようだ。

いつもの白い衣装に着替えた雪嗣は、興味深そうに叶海の手元を覗き込んで言った。

「まるで魔法のようだった。なにも見ずにどうして描けるんだ？」

「あ、いや……たくさん描いてきたから、としか……」

「それで、こんな正確に人の姿を写しとれるものなのか。すごいな」

「ありがとう……」

雪嗣が目を輝かせて自分の絵を見ている。

それはくすぐったいような、恥ずかしいような——。

少しだけ居心地の悪さを感じた叶海は、なんとなくスケッチブックを閉じた。

「もう描かないのか？」

「さすがに疲れたから」

すると雪嗣は、どこか期待に満ちあふれた表情で叶海に言った。

「完成したら見せてくれないか。それ、俺だろう？」

「しばらくかかるよ？　仕事優先するし」

「かまわない。楽しみにしている」

叶海は自分の顔が熱くなるのを意識しながらも、こくりと頷いた。

雪嗣は朝焼けに燃える空を見上げると言った。

「人間は本当にすごいな。神の被造物だったはずなのに、知らぬ間に自分たちでなにかを創り出していく。本当に感心する」

清らかな朝の光が、雪嗣の白い髪を暁色に染めている。

叶海は一瞬だけ雪嗣の姿に見惚れると、思い切って彼に訊ねた。

「ねえ、この村に人がいなくなったら雪嗣はどうなるの？」

それは叶海がずっと胸に抱いていた疑問だった。

あの春の日、雪嗣が龍沖村を守る龍神だと知ってから、考え続けていたことだ。

この村には高齢者しかいない。人は移ろいゆくものだ。不変ではなく、いつかはいなくなる。人々を守り、そして彼らのために存在している雪嗣は、もしここに誰も住まなくなったらどうなるのか。

するとと、雪嗣はじっと叶海を見つめた後、どこか眩しそうに目を細めて言った。

「別にどうにもなりはしない。最後のひとりを見送ったら、あとは朽ちていくだけだ」

「……朽ちる？」

「お前は知らないだろうが、神にも死は訪れる。神の存在を支えているのは、氏子の祈りや想い、供物だ。誰にも信じられなくなった神は、新たな力を手に入れることが叶わなくなって、誰にも知られないまま消えていく」

雪嗣は遠くを見ると、指先で髪を結んでいる赤い布をもてあそびながら続ける。

赤い布には、同じ赤色の糸で紅梅が刺繍されていた。雪嗣の指は、糸の感触を楽しむかのように、梅の部分を執拗に撫でている。

「神には永遠の命がある。誰もがそう思っているが、それは正しくもあり、誤りでもある。大勢の信者を獲得した神は、その信仰が続く限り永遠に生き続ける。しかし、そうではない神は路傍の石と変わらない。忘れられてしまったらおしまいだ」

雪嗣は、自分のことであるはずなのに、まるでひとごとのように淡々と語った。

万能だと思っていた神様が、綺麗な顔にあきらめの色を浮かべている。そのことに、叶海はたまらなく不安になった。

「ね、ねえ！　雪嗣がそうならないためには、どうすればいいの」

きっとなにか手があるはずだ。切なる願いを込めて問いかける。

しかし、雪嗣は小さく首を横に振った。

「この村が続く限りは、俺は消えないだろうが……。それはきっと無理だ。今日の祭りでも、みんな言ってただろう？　田舎には若者の仕事はないし、娯楽もない。人間は新しいものを生み出しもするが、古いものは捨てる生き物でもある」

雪嗣の言葉に、叶海はたまらなく哀しくなった。

確かに、今日の祭りの間、村人たちは一様に不安を口にしていた。自分が死んだ後は、先祖代々伝わる田畑を継いでくれる人がいない。家屋敷を処分するしかないが、買い手がつくとは思えない……。そんな話題がチラホラと漏れ聞こえていた。村人たちにも子や孫はいる。けれど、彼らは都会に自分たちの家があり、誰も好きこのんでこんな田舎へは戻ってこないだろう、とも。

「人にとって、この村も、この俺も――すでに捨てられつつあるものなんだ」

「……それは……」

同じ今を生きる若者として、叶海は耳が痛かった。盆や暮れに帰省してくる子や孫たちは、きっとこの場所を大切なものだとは思ってくれているのだろう。しかし、生活の場として考えると、田舎はなにもかもが不便すぎるのだ。現代的な生活を送りたいと思うのならハードルが高すぎる。

――でも、それで雪嗣が死ぬだなんて。そんなのおかしい！

叶海は奥歯を噛みしめると、雪嗣をまっすぐに見つめた。

「なら、なおさらのこと私をお嫁さんにして。私はこの村で一番若いもの。誰よりも長く雪嗣のそばにいられる。そうしたら……」

「――駄目だ」

雪嗣は叶海の言葉を遮った。

そして、真剣な顔で叶海をじっと見つめると、重ねて言った。

「駄目なんだ」

――ああ、まただ。

叶海は内心でため息をこぼした。

雪嗣の瞳が揺れている。叶海に向けられている榛色の瞳は、叶海を見ているようで見ていない。その先にいる――誰かを見ている。

それは、あの初夏の日、穢れに遭遇してしまった時に向けられた視線と同じだった。

叶海は強く唇を噛みしめて、次に小さく息を吐いた。そして、おもむろに手を伸ばすと、ひんやりとした雪嗣の頬に触れた。

「また、そんな目で私を見るんだね」

するとと雪嗣が息を呑んだのがわかった。

叶海はくすりと笑うと、涙で濡れた瞳で雪嗣をまっすぐに見据えたまま話しだす。

「今日ね、嬉しかったんだ。雪嗣が綺麗って言ってくれたこと。天にも昇る気持ちだった。私を、ちょっとだけでも意識してくれたのかなって思ったんだ……」

黙ったままの雪嗣に、叶海は胸が痛むのを感じながら続ける。

「神様と人間。結ばれるのは、多分すごく難しい。そんなのは私もわかってる。でもね、私あんまり物事を深く考えるタイプじゃないから、気持ちでなんとかなると思ったんだけど。でも……ああ、今日も駄目だったねぇ」

ぽろり、一粒の涙が叶海の瞳からこぼれる。すると、まるで栓が壊れたかのように、次から次へと涙が落ちてきて止まらなくなってしまった。

雪嗣は叶海の涙を指で拭うと、おもむろに叶海に訊ねた。

「お前はどうしてそんなに俺のことが好きなんだ。俺は……神とはいえ、こんな小さな村を守ることしかできない男だぞ」

叶海は瞼をそっと伏せると、くすりと笑った。

そして、胸の内に秘めた宝箱をゆっくりと開け放った。

「雪嗣は私の宝物なの」

「……宝物？」

「雪嗣にした初めての恋は、いつだって私の胸の中にあって、両親の離婚で荒れた私の心を支えてくれた。すごく落ち込むことがあっても、哀しくて不安な夜だって、この村で雪嗣と過ごした時間を思い出すと、元気になれるんだ」

この村で過ごした時間は、それほどまでに叶海を支えていた。

叶海の人生は、決して順風満帆なものではなかった。

片親になったことで、偏見の目で見られることもあったし、二親の家庭に比べると、思い通りに進路を選べなかった。かろうじて学費が賄える難関の国立芸大を目指して、死に物狂いで頑張ったりもした。

人生色々あった。そんな中、いつだって叶海は前を向いて生きてきた。腐ることも、道を逸れることもなく、ただただまっすぐを向いて。

それができたのは、叶海を支えるものがあったからだ。

「この気持ちがすごく独りよがりだってわかってる。でも、私は初恋に守られて今日ここまできたの。だから、私の初恋は宝物。この気持ちを持っている限り、多分、私はずっとずっと雪嗣のことが好きなまま」

一通り話し終わった後、叶海は恐る恐る雪嗣の顔を見上げる。

「……！」

しかし、想い人が困り顔になっているのを見つけて、泣きたくなってしまった。

「ごめん。迷惑だよね」

「………」

「アハハ、うまくいかないなあ。現実はお伽噺じゃないもんね。無理矢理押しかけたって、お嫁さんになんてなれないよね……」

叶海は袖で涙を拭うと、じくじく痛む胸を手でさすった。

「自分でも思う時があるよ。どうして、私ってばどうしてこんなに雪嗣のことが好きなんだろうって。だけど他の誰かじゃ駄目だって、ただただ、そんな気がしてる。もうよくわからないや。でも……うん、これだけは間違いないと思う」

自分の中に意識を向けると、そこには大きな感情が渦巻いているのがわかる。それはもちろん、雪嗣への気持ちだ。もともと、叶海はその感情に区切りをつけるために龍沖村へやってきた。なのに今はもう、それを捨てるなんてことはできそうにない。

だから、叶海は確信を持って、ひと言ひと言を噛みしめるように言った。

「――たとえ死んだって、この気持ちは変わらない。生まれ変わっても、私はきっと雪嗣を好きになるんだろうな」

――その瞬間。

「なんでそれをお前が言うんだ」

顔を歪めた雪嗣は、切羽詰まった様子で叶海の身体をかき抱いた。

「……っ⁉」

カッと叶海の身体が熱くなる。とうとう、自分の気持ちが伝わったのかと気持ちが昂ぶった。しかし、雪嗣がかすかに震えているのに気が付く。

「……ど、どうしたの？」

困惑しつつも訊ねると、雪嗣はややあってから話し始めた。

「叶海は──本当になにも覚えていないのか」

「……？」

言葉の意味がわからず戸惑っていると、雪嗣は叶海から身体を離して、物憂げに瞼を伏せ──遠い過去のことを話し始めた。

それは龍神である雪嗣が、ずっと胸の内に抱えていた真実。

そして、叶海にとっては衝撃の物語だ。

「俺は──昔、人と夫婦になる約束をしていた」

＊　＊　＊

それは今よりもずっと人々が信心深く、そしてずっと世界が狭かった時代。

まだ東京が江戸と呼ばれていた頃のことだ。

その時代、雪嗣はすでに龍沖村で神として人々を守る役目を担っていた。

文化も治水も医療もなにもかもが未熟な時代だ。人々に安寧を与えるためには、現在よりも雪嗣が骨を折らねばならないことが多かった。特に、龍沖村の中央を流れる川が氾濫しないように押さえ込むのは、いかに神といえども容易なことではなかった。

——神は万能であるはずだ。

龍沖村で過ごす時の中で、雪嗣は何度もそう思った。しかし、人々を守るという点においては、たとえ龍神であろうとも無力なことも多かった。

人は脆い。飢えれば死に、病が流行れば死ぬ。子を産んでも死ぬ。年老いても死ぬ。いかに雪嗣が心を砕こうとも、誰も彼もがすぐにいなくなってしまう。

そのことに、雪嗣の心は何度も折れかけた。

『でも……俺はこの村を守ると決めたんだ』

幾人もの村人たちを見送り、自身の力不足を嘆きながらも、雪嗣は必死に歯を食いしばりながら、懸命に神としての役目を果たそうと足掻いていた。

そんな雪嗣に、心の余裕などあるわけがない。

この頃の雪嗣は、今よりも厳格に人々と距離を置いていた。村人とは決して馴れ合わず、必要なことを村の長と話すだけ。そんな淡泊な関係を保っていた。

雪嗣がそうしようと思ったのは、神としての使命感、そして――短命な人間に置いていかれる事実から、自分の心を守るためでもあった。

その甲斐もあり、雪嗣は村人たちから畏れられ、敬われていた。

ひとり高台にある社に棲まい、孤独に村を守り続ける日々。

雪嗣自身、寂しく思う時もあったし、誰かの笑い声を恋しく思うこともあった。

神とはいえど、人と同じように心があるのだ。ひとりがつらい夜もある。

しかしそれは仕方のないことで、神なのだから耐えるべきなのだと、雪嗣は初めからあきらめていた。しかし――。

『龍神様、いい男なんだからもっと笑った方がいいべ』

あるひとりの村娘が、そんな雪嗣を変えていった。

娘の名は梅子。梅の花が満開の頃に生まれたからと名付けられたその娘は、まるで春を告げる花のような、温かく可憐な印象を持っていた。

梅子は、固く心を閉ざした雪嗣のもとへと足繁く通った。

『龍神様、腹減ってるだか？　握り飯、作ってきたからな。たんと食え』

こう言って、食事時になれば容赦なく押しかける。さらには着物を直すと言って家に長時間居座り、雪嗣をあきれさせた。

『ほれ、貸してみろ。オラ裁縫は得意なんだ。なんだその目、こないだの握り飯がしょっぱかったからって、信じてねえべ……!?』

しまいには好き勝手に甲斐甲斐しく世話を焼き、文句を垂れる。

『あらまあ、こんなに洗濯物ため込んで！　家も埃まみれじゃねえか。まったく龍神様は、オラがいねえと駄目だなあ』

時には綺麗な景色を見に行こうと、雪嗣を外へ連れ出した。

『ああ、今日も綺麗な月だなあ。龍神様もそう思うべ？』

『……そうだな。まったく、梅子は本当に困った奴だ』

梅子のことを初めは煩わしく思っていた雪嗣だったが、彼女の健気さと、天真爛漫さに徐々に惹かれていった。村の祭りで〝贄さん〟役に選ばれた梅子の美しさに、雪嗣が魅了されてしまったこともある。

ふたりは順調に距離を縮めていった。そして、梅子がよその男のところへ嫁がされそうになったのをきっかけに、ふたりは夫婦になることを約束したのだ。

そんな梅子が口にした言葉の中で、強く印象に残っているものがある。

結婚の約束をした後、梅子の父親がなかなかふたりの婚姻を認めてくれない中、彼女は何度も何度もこう繰り返した。

『オラ、絶対に龍神様のお嫁になる。たとえ今生で無理だったとしても、だ』

ほんのり顔を赤く染めた梅子は、雪嗣の手に頬ずりをして、まるで夢見るようにこう言った。

『──たとえ死んだって、この気持ちは変わらない。生まれ変わっても、オラはきっと龍神様を好きになる』

そこまで雪嗣が語り終えると、叶海は止めていた息をやっとのことで吐き出した。

──どうして、その梅子とかいう人は私と同じことを言ったのだろう。

酸欠で頭がクラクラして、うまく思考が働かない。

しかしそんな叶海にかまわず、雪嗣は静かな口調で話を続けた。

「梅子はいつだって明るくて、前向きで。俺を笑顔にしてくれた」

「……っ」

「俺はそんな梅子が好きだった。多分、初恋というものだったのだと思う」

「……やめて！」

叶海は思わず手で雪嗣の口を塞いだ。好きな人、それも──宝物だと思えるくらいの相手の口から、誰かへの恋心なんて聞きたくなかったからだ。

そして雪嗣の口からそっと手を離すと、叶海は叫び出したくなるのをこらえながら、必死の想いで訊ねた。

「それで……その人とはどうなったの？」

すると雪嗣は物憂げに瞳を伏せると、平坦な口調で言った。

「結局は結ばれなかった。梅子は――祝言を挙げる前に死んでしまった」

それは、梅子の父親がようやく婚姻を許してくれた晩のことだ。

梅子は、母親から譲り受けた婚姻衣装を雪嗣に見せるために、雪道をひとり急いでいたのだという。しかし、途中で足を滑らせて川に落ちてしまった。

眷属である水に異変を知らされた雪嗣は、急いで梅子のもとへと向かった。

そして――川辺で倒れている梅子を見つけた。極寒の川に落ちた梅子は、かろうじて生きていたものの――そう、長くは命がもたなかった。その時、まるで残り少ない命の灯火を使い切るかのように、梅子はこう言い遺したのだ。

『絶対に、龍神様のお嫁になるために帰ってくる。待っていておくれ』

そこまで語り終えると、雪嗣は長く息を吐いた。そして、髪を結ぶ赤い布に指で触れながら、どこか沈痛な面持ちで続けた。

「その後、俺は梅子の死をなかなか受け入れられなかった。寂しくて、悲しくて、おかしくなりそうだった。だが――気が付いたんだ。俺は〝神〟だ。人よりも遥かに長い時を生きる。だから、彼女が帰ってくるのを待てるのだ、と！」

話が終わりに近づくにつれ、徐々に語尾が強まってきた雪嗣に、叶海は僅かに恐怖を覚えていた。

彼の榛色の瞳は叶海を見ているようで、まるで見ていない。この人は——自分の向こうに〝梅子〟という人物を見ているのだと、気が付いてしまったからだ。

胸が痛い。息がうまくできない。雪嗣の言葉を……理解したくない。

叶海が途方もなく逃げ出したい気持ちでいっぱいになっていたその時、突然、語尾を和らげた雪嗣が叶海に訊ねた。

「叶海、俺と初めて会った時のことを覚えているか」

「……雪嗣と？　もちろん、覚えているけど」

とりあえずは、梅子の話題は終わったらしい。そのことに胸を撫で下ろした叶海は、当時のことに想いを馳せる。

叶海が雪嗣と出会った日。それは、叶海が小学校へ上がる前のこと。蝉がうるさいくらいに鳴く、ある夏の日だった。

親が忙しいとかまってくれず、ふてくされた叶海は家の前にある木陰でぼんやり空を眺めていた。その時、雪嗣が声をかけてくれたのだ。

『お前——なにをしているんだ？』

雪嗣の姿を初めて見た叶海は、一瞬で心奪われてしまった。

木漏れ日の中から見た雪嗣は、もともと色素が薄いからか、まるで太陽の光そのもののように輝いて見えた。人形のように整った容姿も、訛りのない口調もすべてが叶海を惹きつけてやまなかった。

　それが、叶海が雪嗣と出会った記念すべき日だ。忘れるわけがない。

　そう言うと、雪嗣はゆっくりと首を横に振った。

「俺と叶海の出会いはもっと前。あれは叶海が生まれて三カ月の頃だ」

　世間一般では、生まれたばかりの子が三カ月になった時にお宮参りをするという風習がある。その土地の氏神にわが子が生まれたことを報告するという趣旨の儀式なのだが、龍沖村では龍神である雪嗣へ赤子を見せるのだ。

「そうなんだ。知らなかった」

「赤子の頃の話だし覚えているはずはないがな。肝心なのはここからだ。俺は必ず、顔見せに来た赤ん坊の〝魂〟を視ることにしている。それで先天性の病を知れたりするからだ。もちろん、お前の魂も視た」

「……それで？」

　なにか変なものでも視えたのかと叶海が不安に思っていると、雪嗣はどこか切なそうに顔を歪めた。

「とても驚いた。お前の魂は、俺の知る人のものにとてもよく似ていたから」

　――ズキリ、叶海の胸が痛む。なんだか嫌な予感がして、叶海は不安げに雪嗣を見つめた。すると、雪嗣は一呼吸置くと、意を決したように口を開いた。

「叶海、お前の魂は死んだ梅子にとてもよく似ている」

「――……！」

それを聞いた瞬間、叶海は息を呑んだ。

同時に、胸を中心にモヤモヤとしたものが広がっていく。

それは、途方もないほどの不快感を伴っていて、見る間に叶海の全身を駆け回り、すべてを侵した。

叶海は頭が真っ白になりかけながらも、必死に冷静であるように努める。

けれど、追い打ちをかけるように雪嗣は淡々と言葉を紡いでいく。

「お前は、梅子の生まれ変わりかもしれない」

「……そ、そうなんだ」

叶海は震えている自分を抱きしめると、言葉を紡ごうと口を開いた。しかし、カラカラに乾ききった口内ではうまくしゃべることができずに、なんとか唾で口内を湿らせる。そして、体内に渦巻いているモヤモヤした気持ち悪いものを吐き出すように、やっとのことで口を動かした。

「雪嗣は……私が、その人の生まれ変わりかもしれないから一緒にいるの……？」

――どうか。どうか、違っていてほしい。

叶海が悲痛な願いを込めて口にした言葉は、残念なことに正解だったらしい。

雪嗣は眉をひそめると、そっと目を逸らした。

「生まれ変わりかどうかは確信を持てない。判別する方法がないんだ。だが、お前は梅子と同じことを言ったんだ。ただの偶然にしては、おかしいと思わないか？　梅子も、ことあるごとに俺の嫁になりたいと口にしていた。前向きな性格も、よく笑うところも同じだ――……」

そこまで話すと、雪嗣はがっくりと項垂(うなだ)れてしまった。

「悪い。確かめる術(すべ)もないのに。俺は……」

――ああ、泣きたい。子どもみたいに大声で泣き叫びたい。

叶海は固く目を瞑ると、嘘であってほしいと心底願った。

自分が、かつて雪嗣が結婚を望むくらいに想いを寄せた相手の生まれ変わりかもしれない――。それは、彼との結婚を望む叶海にとって僥倖(ぎょうこう)とも言えるだろう。

しかし、現実はそう甘くない。

〝魂〟は似ている。似ているけれども、本人かどうか確認できない。

叶海と結婚した後に、本当の梅子が現れる可能性を否定できない以上、雪嗣が求婚を受け入れることは絶対にありえない。しかし、梅子である可能性を捨てきれないから、求婚を断りつつもそばに置いていた。

つまりは――そういうことなのだ。

「……残酷なことをするんだね」

その事実は叶海の心を深く傷つけた。

じくじくと赤い血を流し始めた心は、悲鳴をあげ続けている。

叶海の言葉に、雪嗣は顔を歪め、唇を噛みしめた。

まるで自分が傷つけられたと言わんばかりの表情に、叶海はやりきれなくなる。

――ここで泣いたら負けだ。なによ、もともとは捨てようと思ってた恋じゃない。

それが、絶対に無理だったとわかっただけだ。むしろ、当初の目的を達成したようなものじゃないか。

ぎゅう、と服を握りしめて耐える。

必死に自分に言い聞かせて、心が負けてしまわないように、急ごしらえの鎧(よろい)を纏う。

けれど、目の前の雪嗣が。叶海が心から求めてやまない人が――じんわり濡れた瞳で、希(こいねが)うように叶海を見つめているものだから。

粗野な作りの鎧なんてあっという間に崩れ去って、叶海の心は削られていった。

「私、帰る」

叶海は勢いよく立ち上がると、己の発言のおかしさに気が付いて変な顔になった。

自分の住まいはここなのに、どこへ帰るというのか。

……ああ。祖母宅がある。駄目なら、アトリエでも、蒼空の家にでも逃げ込めばいい。なにはともあれ、一刻も早くここから立ち去りたい。じゃないと――雪嗣に聞くに耐えない暴言を吐いてしまいそうだ。

叶海は手近にあったスケッチブックを手にすると、急ぎ足で玄関に向かった。

すると、叶海を雪嗣が追いかけてきた。

立ち去ろうとする叶海の腕を取り、今にも泣きそうな顔をしている。

「すまん。悪かった。今のは忘れてくれ」

その言葉に思わず叶海は鼻で笑ってしまった。

そんな簡単に忘れられるなら、この世に諍いはなくなっていることだろう。

「俺にはもう、そう長く時間が残されていない。お前が梅子の生まれ変わりかもしれないことは、俺の中での救いだった。だから、焦っていたんだ」

――ああ。この人もそうなのか。

その瞬間、叶海の中で、すとん、と腑に落ちた。

過去に抱いた感情に、何年経っても、いつまで経っても囚われている。

そんな雪嗣の症状に、叶海は覚えがあった。

――〝初恋の呪い〟

雪嗣と叶海は同じだ。同じ〝呪い〟にかかっている。

いや、叶海以上にその〝呪い〟に雁字搦めにされている――。

──憐れだな。この人も、私も。

叶海は表情を和らげると、雪嗣にそっと声をかけた。

「雪嗣は、梅子さんを心から愛してるんだね……」

そして雪嗣の頬に手を伸ばし、彼のなめらかな頬を撫でる。

その時、叶海の頭の中にはグルグルと、いろんなことが渦巻いていた。

雪嗣に褒めてもらったと、馬鹿みたいに喜んだ自分。意気揚々と押しかけ女房だと乗り込んできた自分。胃袋を掴むのだと、張り切って料理を作った自分……。

すべてが無駄だった。この数カ月の叶海の行動は、なにもかもが無意味だったのだ。

雪嗣と作ってきた思い出も、それを大切に温め続けてきた自分も、すべてが虚しく思えて、叶海は顔を歪めると投げやりに言い放った。

「本当にひどい神様だね。私のことなんて好きじゃないくせに」

すると、雪嗣の顔がくしゃりと歪んだ。

雪嗣は胸に手を当てると、勢いよく首を横に振る。

「違う！　俺は。俺は……。違うんだ。叶海。違うんだ……」

雪嗣は、何度も何度も「違う」と繰り返した。

その姿は、まるで心の内でなにかと闘っているようでもあった。

ぽろり、雪嗣の瞳から大粒の涙がこぼれる。そして……ひどく弱々しい声で言った。

「――ああ、叶海。頼む、自分は梅子だと言ってくれ」

「……っ！」

その瞬間、叶海は思いきり右手を振りかぶった。

バチン、と鋭い音がして、雪嗣の頬が赤くなる。

叶海はじんじん痛む手を握りしめると、その場から逃げ出した。

玄関から飛び出して、裸足のまま境内を駆ける。

社の角を曲がろうとした時だ。どん、と誰かとぶつかってしまった。

「あ、ごめ……」

涙で濡れたままの顔でその人を見上げる。

するとその人は、驚いたような顔をした後、ひどく優しげに笑った。

「大丈夫か、叶海」

それは、もうひとりの幼馴染みである蒼空だ。

その瞬間、叶海の中で張り詰めていたものがふつりと切れた。

「うう……っ！」

「お、おい。どうしたんだよ」

叶海は蒼空の胸に顔をうずめると、声を殺してひたすら泣き続けたのだった。

四話　遠い記憶、消えゆく村

「ねえ雪嗣、ただの幼馴染みに戻ろう」

冬が近づき、秋色に彩られていた龍沖村がすっかり色褪（いろあ）せてしまった頃。

荷物をまとめた叶海は、恋い焦がれていた相手にそう告げた。

それは、ほんの一息で終わる言葉だ。けれど、ひと言発するほどに叶海の心は引き裂かれるように痛み、身体は震え、涙がこぼれそうになった。

しかし、これもまた仕方のないことだ。

もしかしたら本当に叶海は梅子の生まれ変わりかもしれない。

けれども叶海は叶海であって、前世の人物と同じにはなれないのだ。

どう足掻いても、雪嗣の嫁になれないのなら――。

この初恋が実らないのなら、彼のそばにはいられない。

それが、悩みに悩んだ挙げ句に叶海が出した結論だった。

「……そうか」

叶海の言葉に、雪嗣は少しだけ寂しそうな顔をした。

「これからどこで暮らすんだ？」

「とりあえずはお婆ちゃんの家。この村でも仕事はできるしね。その後のことは……おいおい考えようと思う」

叶海は嘘をついた。

実際はなにも考えられなかったのだ。いや、考えたくなかった。

本来ならば龍沖村から出ていくべきなのだろうが、それをしたら雪嗣には二度と会えない気がしていた。なにせ龍沖村の過疎化は、今この時も着々と進んでいる。

――村が消えたら、雪嗣を信じる人が誰もいなくなれば、彼も消えてしまう。

その事実は、叶海の考える力をさらに鈍くしていた。

だから、未練たらしく村にしばらく居座ることにしたのだ。

雪嗣に会いに来るつもりはない。けれど、彼を感じられる距離にはいたい。

叶海は、自然とそう結論づけた自分にあきれながらも、やはり自分は〝呪い〟から逃げられないのだと確信していた。

「達者で暮らせよ」

雪嗣は叶海に向かってそう言うと、ゆっくりと奥の部屋へと消えていった。

すたん、と襖が閉じる音がする。

途端に叶海は小さく息を吐く。そして自身の胸に手を当てると、襖の向こうの雪嗣へ囁くように言った。

「雪嗣。……好きだよ」

今日も今日とて、叶海の心の中心には、キラキラ輝く宝箱が据えられている。

その中身は言うまでもない。甘く切なく、そして青春を煮詰めたような初恋。

けれど——その想いを受け止めてくれる人はどこにもいない。

あんなことがあったというのに、叶海は雪嗣への想いを捨てられずにいる。

でも、それでいい。ならば死ぬまで共に生きるだけだと、叶海はそう考えていた。

「ばっかみたい……」

叶海は小さく自嘲すると、沈んだ表情のまま雪嗣の家を後にした。

ひゅう、と冷たい風が叶海の頬を撫でる。

耳に届くのは、落ち葉たちの囁き声。それはまるで、恋に破れた叶海を嘲笑っているかのようで、叶海は荷物を抱えると急ぎ足でその場を後にした。


一方、叶海が去った雪嗣の家。

そこでは、青ざめた表情をした雪嗣が襖の前でひとり立ち尽くしていた。

『雪嗣。……好きだよ』

最後に叶海が言い残した言葉。それがあまりにも胸に痛くて、ずるずるとその場に座り込んで頭を抱える。

「俺はなんてことを」

そして自身の愚かさを呪いながら、ぐしゃりと自分の髪を手でかき混ぜた。

雪嗣は梅子という女性を愛している。

彼女が亡くなって、すでに数百年の時が流れた。

なのに、梅子のことを思うと、今も胸が締めつけられるようになる。

やっとのことでもぎとった婚姻の許可。人と神の婚姻など、昔話や民話ではよく聞くものの、実際に実現させようとすると様々な困難があった。

なのに、すべてが台無しになってしまった。愛する人は、突然雪嗣の前から姿を消してしまった。それも……雪嗣が管理するべき川に落ちて死んだのだ。

『帰ってくる』――その言葉だけを遺して。

それからというもの、雪嗣は自身の無能さに苦悩しながらも、ずっと彼女が生まれ変わってくるのを待ち続けている。何年も何年も、それこそ何百年もの間――。

人からすれば永遠とも思える時の中、雪嗣に芽生えた感情は、ずっと色褪せることはなかった。

神である雪嗣が初めてした恋。

眩いばかりに輝きを放つその感情は、常に雪嗣の心の中心で存在を主張している。

雪嗣の心は梅子のものだ。神である以前に、ひとりの個人として梅子だけを愛している。その証拠に、今まで誰にも惹かれることはなかった。誰に言い寄られようとも、心はぴくりとも動かなかったのだ。

だから、雪嗣の梅子への愛は確固たるものだ。――その、はずだった。

「どうして俺は……」

自身の胸の中に新たに渦巻き始めた感情に、雪嗣は戸惑わずにはいられない。

『アッハハハ！　雪嗣はおもしろいねえ』

叶海が笑ってくれるとそれだけで嬉しくなる。

『美味しい？　本当？　やったあ！』

作ってくれた食事を褒めるだけで、幸福の絶頂だと言わんばかりに微笑む彼女を、ずっと見ていたいと思う。

『へへ……。もっとして』

頭を撫でると猫のように目を細める姿も。

『ひどい！　私ってば、これでも乙女なんですけど！』

自分から悪戯を仕掛けてきたくせに、やり返すとむくれる姿も。

彼女の一挙一動が気になって仕方がない。

叶海と過ごす時間——それは、雪嗣にとって不思議なほどに心地のいいものだった。

彼女の創り出す場の雰囲気、かけてくれる言葉、笑わずにいられないほどの陽気な性格、叶海が与えてくれるすべてが、まるで太陽の光のようにじんわりと雪嗣の心を温めて、ほぐしてくれる。

そう、それはまるで——梅子と過ごしていたあの頃のようだった。

――叶海を抱きしめてみたい。

――そうしたら、彼女はどんな反応をするのだろう。

――喜びのあまりに倒れてしまうかもしれない。ああ、叶海ならありえそうだ。

日常を過ごす中で、ふとした瞬間によぎる考えに、雪嗣自身驚くばかりだ。

自分の心をこれほどまでに動かす存在。それは今まで梅子だけだったのに、どうしてこんなにも、叶海に心惹かれるのか？

雪嗣はその理由を見つけられずに、ひたすら苦しみ続けていた。

何度、彼女の求婚を受け入れてしまおうと思っただろう。しかし、それはすんでのところで耐えた。

万が一のことがあってはいけない。絶対に梅子を裏切ってはいけない。

神が間違いを起こすことは赦されないのだから。

だから、押しかけてきた叶海を追い出さず、曖昧な関係のまま今日までできてしまった。適当な理由をつけて追い返していたのなら、こんなことにはならなかったかもしれないのに、だ。

『本当にひどい神様だね。私のことなんて好きじゃないくせに』

叶海の言葉を思い出すたび、『違う！』と叫び出したい衝動に駆られる。

「俺は――俺は叶海のことを……」

最後まで言葉にはせずに口を噤む。

想いを言葉にしてしまったら、それから逃げられない気がしたからだ。

「……俺はどうすれば……」

誰かに相談しようにも、ここ最近、蒼空の足は雪嗣のもとから遠のいている。

蒼空も、叶海の事情を知って、なにか思うところがあるのかもしれない。

——ああ。奇跡が起きて、叶海が梅子の生まれ変わりであると証明できたなら、すべてが丸く収まるのに。

だが、奇跡など簡単に起きるわけもない。いや、奇跡というものは、神が起こすものだ。神自身が焦がれるなんてお門違いにもほどがある。

「……梅子、早く帰ってきてくれ。俺はいつまで待てばいい」

ここにいない想い人につぶやいてみても、誰も答えてはくれない。

雪嗣は膝を抱えると、顔を隠すように俯いた。

秋風が窓をカタカタ小さく揺らしている。

冷え切った家の中にはその音だけが響いていて、雪嗣以外の気配はひとつもない。

——もう叶海の笑い声を聴けないのか。

うまい飯も、幼馴染み三人で過ごす時間も……なにもかも失ってしまった。

そのことに思い至ると、雪嗣はあまりの寂しさに僅かに身体を震わせる。

その瞬間、もう二度と聞こえないはずの声が聞こえた気がした。

『雪嗣、お嫁さんにして！』

雪嗣は叶海にぶたれた頬にそっと手を添えると、ぼそりとつぶやいた。

「……痛い……」

＊　＊　＊

移ろいゆく世界は、まるでそこにとどまるのが罪だと言わんばかりに、急激に世界を様変わりさせていく。山を秋色に彩っていた木々はすっかり葉を散らして、どことなく寒そうだ。家々の庭木に雪囲いが設えられ、乾いた風が里に吹き下りてくるようになると、いよいよ冬の足音が聞こえてくる。そんなある日のこと。

人々が冬支度に忙しくしている最中、龍沖村にサイレンの音が響き渡った。

救急車に担ぎ込まれたのは和則だ。急性心不全。この村で最高齢だった和則は、そのまま生きて村へ帰ってくることはなかった。

数日後、チラチラと雪が舞い散る龍沖村で、しめやかに葬儀が行われた。

小さな村での葬儀だ。通夜振る舞いや会場の準備も含めて、村人総出で行うのが慣例となっている。もちろん、一番若い叶海は人一倍働く羽目になった。

はるばる龍沖村までやってきた和則の親族をもてなす。

和則自身、かなりの高齢だったこともあり、孫どころか、まだ幼いひ孫たちも葬儀に加わった。子どもたちの声が村に響き渡り、普段は静かな村が一時賑やかになる。

しかし、その誰もが龍沖村へ住むことを選ばなかったことを考えると、叶海はどうしようもなく哀しくなった。

「叶海ちゃん、これ持っていってくれるべか」

「はあい！」

和則の家で通夜振る舞いの準備をしていた叶海は、みつ江に言われて、できあがった料理を配膳していく。

その時、ふと耳を澄ますと遠くからお経が聞こえた。それは聞き慣れた蒼空の声だ。

窓際に近寄って遠くを眺めると、川沿いをゆっくりと歩く葬列が見えた。

この村の葬儀は、どこか独特な雰囲気がある。

龍沖村では、死んだ魂は龍神が極楽へ連れていってくれるという謂れ(いわ)があり、誰かが死ぬと、棺(ひつぎ)に入れた遺体と共に村の中を一周する。さまよっている魂を、雪嗣のもとへと送り届けるためだ。

葬列が最終的に到着するのは、雪嗣の社へと続く石段の下。僧侶の役目はそこでおしまいだ。村人の遺体は神である雪嗣へと引き継がれ、遺族は社で別の儀式へ臨む。

雪嗣のもとで儀式が終わると、遺体は焼かれ、遺骨は寺の墓地に埋葬される。

それが、この村の葬儀だ。

他では絶対に見られないこの弔い方は、龍沖村が特殊な環境下にあることをまざまざと思い出させてくれた。

叶海は葬列をじっと眺めると、おもむろに雪嗣の社がある方へと視線を向けた。するとと、村を見下ろす高台に誰かが立っているのが見えた。あの場所は、かつて幼馴染み三人で流れ星を見た場所で、そこにいたのは雪嗣だった。

「……大丈夫かな」

どことなく不安になって、叶海はひそりと眉をひそめた。

和則は、雪嗣が最も頼りにしていたという氏子だ。生まれた時から、ずっと成長を見守ってきた人。そんな氏子の死とは、どれほど心に負担がかかるのだろう。わが子を失うも同様の衝撃があるのではないだろうか。

きっと、とても哀しいはずだ。そして寂しくもあるだろう。

――でも、私にはなにもできない。

叶海は拳を強く握りしめると、雪嗣の姿から視線を外した。しかし、どうしようもなく心がざわついて、すぐに視線を戻す。

だが、すでにそこから雪嗣の姿は消えていた。

「ああ。……もう！」

叶海は内からあふれてくる感情に耐えきれず、かくりとその場に膝をついた。未練たっぷりな自分にあきれながらも、雪嗣を慰めに行きたい衝動を必死にこらえる。

すると、叶海と同じように手伝いをしていた祖母の幸恵が声をかけてきた。

「どうした？」

「あ、ううん。なんでもない、少し疲れが出ちゃっただけ」

素早く愛想笑いを顔に貼りつけた叶海に、幸恵は僅かに片眉を上げると、疑わしそうな視線を向けた。

「本当か？」

「やだなあ！　お婆ちゃんったら。心配性なんだから」

叶海はヘラヘラと軽薄そうな笑みを浮かべると、幸恵を見上げて訊ねた。

「ねえ、お婆ちゃん。俊子さんって、これからどうするの？　和則のじっちゃんがいなくなったら、この家でひとり暮らしするの？」

叶海はちらりと室内を見渡した。古くからの農家を改築したというこの家は、普通に考えて、ひとりで住むには広すぎるように思う。

すると幸恵は僅かに逡巡してから、どこか弱々しく笑って言った。

「都会の息子さんの家に行くそうだ」

「……そっか。みんな、寂しがるだろうね」

そう言うと、叶海はそのままフラフラと危なげな足取りで台所へと向かった。

「………」

叶海が去った後も、幸恵はその場からすぐには動かなかった。じっと外を見つめ、叶海が見ていた方角に雪嗣の社があることに気が付いて、ため息を漏らす。

「まったく、若いもんはこれだから」

幸恵は小さく肩を竦めると、ゆっくりとした足取りで、みなが忙しくしている台所へと向かったのだった。

＊　＊　＊

「ちょ、待って。想像してたよりも速いし寒いしー！」

叶海の叫び声が、寒空の山中に響いている。

ヘルメットにゴーグルをつけた蒼空は、バイクを走らせながら、背中にしがみついて半泣きになっている幼馴染みに声をかけた。

「騒ぐな、叫ぶな！　乗りてえって言ったの、お前だろ!?」

「それはそうなんだけど……！　いやあー！　カーブは無理！　やめて！」

「曲がるなって、無茶ぶりすぎるだろうが！」

「それは、そうだけども！　てか、そもそもカブじゃないの!?　想像してたよりも、バイクが遥かに大きくて、正直恐怖しかないんだけど！」

「ふたり乗りするんだったら、こっちのがいいだろ。わざわざ友達から借りてきてやったんだ、文句言うな」

蒼空が抗議の声をあげると、なにやら恐怖が限界を超えたらしい叶海は、蒼空の背中にしがみついたまま情けない声を出した。

「ひいいっ！　……うっ、逆に楽しくなってきた……」

「お前なあ……」

あきれた様子の蒼空だったが、いつまでも騒ぎ続けている叶海に苦笑を漏らす。

そして、ふと寒空を見上げると、ちらちらと雪が降り始めているのに気が付いた。

雪が本格的に降り始めると厄介だ。蒼空は小さく眉をひそめると、アクセルをふかして叶海の悲鳴を誘った。

叶海と蒼空がやってきたのは、とある動植物園だ。

近隣の小学校の遠足といえばここ、と言われるほどの場所で、叶海たちも小学生の頃に訪れたことがある。

園内にはバラ園などの温室、それに動物の展示がされていて、市民の憩いの場として親しまれていた。

今日ここに来たのは、和則の葬儀も一段落したので、蒼空が気晴らしにどうだと誘ったのだ。時間があるわけではなかったが、叶海自身、仕事がかなり煮詰まっていたので、すぐに快諾した。

久しぶりに訪れる動植物園。叶海は今日という日を楽しみにしていた。

しかし、冬目前ということもあり園内は閑散としている。しかも、それぞれの施設は昭和の雰囲気たっぷりで、なんともうらぶれた光景にがっくりと肩を落とす。

「なんか……微妙」

すると、バイクを停めてきた蒼空が眉をつり上げた。

「悪かったな。都会と違って、おしゃれなカフェなんてねぇんだよ。文句言うなら帰るか？」

「うっ。嘘です。連れてきてくれてありがとう、蒼空」

慌てて叶海が謝罪すると、蒼空はクツクツ喉の奥で笑って、大きな手で頭を叩く。

すると、叶海はますます唇を尖らせた。

「……同い年のくせに。子ども扱いしないでくれる？」

「精神年齢が違ぇんだよ、精神年齢が」

「そんなことないし」

興味深そうに叶海を眺めた蒼空は、ニヤニヤ悪戯っぽく笑いながら言った。

「雪嗣と喧嘩して、ふてくされて家に閉じこもってんのは誰だ?」

「うっ」

「未練タラタラで、毎日社の方をぼうっと眺めて過ごしてんのは誰だ? 正直、大人のすることじゃねえよな~」

「ううっ……! やめて、いじめないでよ!」

「嫌だね。早く仲直りしろよ、馬鹿野郎。こっちもやりづれえんだ」

やれやれと肩を竦めた蒼空は、追撃をしようと叶海の顔を覗き込んだ。しかし、叶海の栗色の瞳が濡れているのに気が付いて、気まずそうに視線を逸らす。

「悪かった。まあ、なんだ。今日くらいはアイツのこと忘れたらいいんじゃねえか」

「……うん」

叶海は涙を袖で拭うと、動植物園を眺めてぽつりと言った。

「忘れられるかなあ……」

「意地でも忘れるんだよ。いつまでもクヨクヨしてんじゃねえ」

蒼空は軽く叶海の背中を押して、スタスタと中へと入っていった。

「待って!」

蒼空は叶海よりも三十センチほど背が高い。そのせいか、歩く速さが段違いだ。

叶海は必死に蒼空へ追いつくと、モヤモヤしている気分を忘れようと、まっすぐ前を向いて歩きだした。

するとまた蒼空に、ポンと頭を叩かれた。

叶海は一瞬だけ不満そうな顔をしたが、次の瞬間には消え入りそうな声で言った。

「……ありがと」

その声は蒼空に届いたのか届かなかったのか。

蒼空は叶海に歩く速さを合わせると、「オラ、行くぞ」と声をかけたのだった。

寒空の下で回った動植物園は、叶海が想像していたよりも遥かに楽しかった。

動物のふれあいコーナーではしゃいだり、餌やり体験をしたり……。

動植物園の目玉なのだというバラ園がある温室は暖かく、寒さで硬くなった身体をほぐしてくれるようだった。

「わあ、満開だね」

「あそこで香水作りが体験できるってよ」

「え、やろうやろう。かわいいお姫様みたいな香りの香水、作ってあげるね！」

「お前、そんなのが俺に似合うと思ってんのか⁉」

「色男はなんでも似合うんでしょ～？」

「馬鹿言うな。……お、イランイラン混ぜようぜ。催淫効果だってよ、やべぇ」

「なにがやべぇのよ……」

蒼空と過ごす時間は、まったく気負わなくて済み、叶海は久しぶりにリラックスすることができた。しかし――。

「…………」

「香水くらいじゃ、神様はメロメロにならねぇと思うぞ」

「うっ……蒼空はなんでもお見通しだなぁ」

どうしても、ふとした瞬間に雪嗣のことを思い出してしまう。

叶海はしょんぼりと肩を落とし、「ごめん」と蒼空に謝った。

蒼空はあきれながらも優しげに笑う。

「本当にお前は雪嗣が好きだな」

「……自分でもどうかと思う」

叶海が力なく笑うと、蒼空はカラカラと豪快に笑った。

「ま、仕方ねぇよ。初恋の相手ってもんは、思い出が綺麗なほど、自分の中ででかくなっていくもんだからな」

「……蒼空もそうなの？」

叶海が訊ねると、蒼空は片眉をつり上げて、少し遠くを見てから笑った。

「まあな」

一通り園内を見終わると、ちょうど昼時になっていた。

園内に飲食店はなく、小さな売店があるのみだ。しかし、ここでしか味わえないものがあるのを知っている叶海は、ウキウキとその場所を目指した。

「懐かしい！」

到着したのは、動植物園の隅に設置してある自動販売機コーナーだ。

トタンで区切られたそこには、様々な自販機が並び、一番奥に叶海の目当ての機種があった。それはうどんの自動販売機だ。かつてはドライブスルーなどでよく見かけたものだが、ここ最近はめっきり見なくなってしまった。部品の製造が終わってしまったらしく、年々希少価値が上がっている。

「ここに来たら、これを食べるのが定番だったよね」

お金を投入した後、うどんができあがるまでの間、浮かれた叶海はペラペラと話し続けた。

「この日のためにお小遣いを貯めてたのに、前日に蒼空が自分のぶんを使っちゃって。二種類を三人で分けっこしたんだよね……」

もともとは蒼空が言いだしたことだった。子どもながらの誇張を織り交ぜながら、『ここのうどんは最高だ！』とふたりにプレゼンしたのだ。だから、どうしても食べたかったのに、蒼空がやらかしたものだから、激しく喧嘩をしたのを覚えている。

「あれはうまかったなあ。天ぷら、誰が食べるかで揉めたな」

「ジャンケンしたら蒼空が勝っちゃって。お金使い込んだくせにって喧嘩したねえ」

「今思うと、空気読めって感じだよなあ」

ふたりで笑っていると、調理終了のサインが光った。

熱々の器を、苦労してテーブルに移動する。

すると、自販機に新たな小銭を入れながら蒼空が言った。

「先に食ってろよ」

「あれ、私ひとりで食べていいの？」

「当たり前だろ、子どもじゃあるまいし。何杯でも食え、俺の奢りだ！　なあに檀家の金だ、気にすんな」

「逆に気になるんですけど!?」

軽口を叩きつつも、叶海は箸を手に持つ。

クリーム色のプラスチックの器の中には、かき揚げとネギがのった天ぷらうどん。

叶海は当時のことを思い出しながら、ひとくち啜った。

「……美味しい。変わらない味」

　素朴で飾らないその味は自然と舌に馴染む。うどんは軟らかめ。それと、あの頃は取り合いになった天ぷら。玉ねぎたっぷりのそれを汁によく浸して食べると、中からじゅわっと熱い汁があふれてくる。野菜の甘さと塩分の比率がなんとも絶妙で、うどんと交互に食べると箸が止まらない。

「はあ……」

　ひとしきり食べた叶海は、一旦器を置いた。そして、ぷかぷかと汁に浮かんでいるネギを眺めて、くすりと笑みをこぼす。

　――みんなで分け合って食べたうどん。あの頃はものすごく高く感じたなあ。今じゃ安いくらい。本当……大人になった。

　当時を思い出して、これもいつまで食べられるのだろう、とぼんやり考える。

　昔よりも寂れてしまった動植物園。壊れたら終わりの自動販売機。

　時が経つというのは、なんて残酷なことだろう。

　その瞬間、叶海の脳裏に当時の光景が思い浮かんできた。

『美味しいな。叶海』

『うん。このうどん最高だね、雪嗣』

『へっへー！　俺に感謝しろよ、お前ら』

『お金使っちゃったくせに、なによ偉そうに！』

『し、仕方ねえだろ。限定版のカードが売ってたんだから！』

『喧嘩するな、ふたりとも。うどんがこぼれるだろう……』

ワイワイ騒ぎながら、ぎゅうぎゅうくっつき合って食べたうどん。

叶海は胸が苦しくなって、固く目を瞑った。

──あの頃は本当に楽しかった。なにも考えずに笑っていられた。

子どもは限りなく自由だ。たとえ大人の庇護下という、狭い世界の中でしか生きられなかったとしても、思いのまま羽を伸ばしている。誰を好きになっても赦されたし、誰かと喧嘩したとしても、翌日にはすっかり仲直りできた。

でも──今は。大人になった叶海たちは──……。

「……うう」

──今日くらいは忘れようって、蒼空も言ってくれたのに。

ぽつりと熱い雫が叶海の瞳からこぼれる。

落ちた涙は、器の中に落ちて波紋を広げた。

叶海は肩を震わせると、波のように襲いくる哀しみを必死に耐える。

「──泣くな。ブスになってんぞ」

その時、ぽんと蒼空が叶海の頭に手を置いた。やや乱暴な手つきで撫でると、隣に腰掛けて叶海を見つめる。

「ブスってなによ……」

「じゃあ馬鹿だな。叶海は救いようがねえくらいの馬鹿だ」

「蒼空！」

「だって、本当のことだからな」

蒼空は、グスグス鼻を鳴らしている叶海をじっと見つめ、ぽつんとつぶやいた。

「重症だな……」

そして、ぐいと叶海を自分の方へと引き寄せると、どこか苦しげに言った。

「どうして気づかねえんだよ。一生、心が届かない相手に焦がれ続けるより、もっと身近にいい男がいるだろが」

「……え？」

すぐにその意味が理解できなくて、叶海は涙で濡れた瞳で蒼空を見つめた。

垂れ目がちな蒼空の瞳に得体の知れない熱がこもっているように見えて、どきりとする。いつもは飄々（ひょうひょう）としているくせに、いやに真剣な表情で見つめられて、叶海は自身の鼓動が速まっていくのを感じていた。

すると蒼空は叶海の涙を親指で拭い、切なげに言った。

「俺にしろよ。雪嗣じゃなく」

「そう、くう……？」

「同じ幼馴染みだ。あんまし変わんねえだろ？」

そう言って、蒼空は叶海の顔にかかった髪を耳にかけた。

その瞬間、カッと身体が熱くなった叶海は、勢いよく顔を逸らした。

──なに。なんなの。どういうこと……!?

混乱の極地に陥った叶海は、動かない頭で必死に考えを巡らせる。

今まで叶海自身、蒼空からそういう気配を感じたことはなかった。雪嗣を好きだと宣（のたま）う叶海をおちょくることはあったが、好意を寄せているような素振りは欠片もなかったのだ。

そして叶海自身も、蒼空をそういう対象に考えたことはない。いや、もしかしたら蒼空からアピールがあったかもしれないが、叶海はこれっぽっちも気が付いていなかったのだ。

──どうしよう……！

だから叶海は心底困り果ててしまった。

テレビドラマであれば、優しい幼馴染みに泣きつくところなのだろうが……。

──いやいやいや。それはない！

それに、蒼空は叶海にとって大切な存在だ。気兼ねなく穏やかに、そして楽しく過ごせる貴重な相手。

雪嗣との関係がギクシャクしている今、なおさらその関係を壊したくない。

「蒼空……あのね」

叶海は言葉を慎重に選びつつも、蒼空を見つめた。

どうすれば蒼空を傷つけずに済むか、叶海の頭はそのことでいっぱいだ。

「……プッ」

するとその時、突然蒼空が顔を逸らした。細かく肩を揺らし、笑うのを必死にこらえている。

——からかったのね！

「〜〜っ！　冗談はよしてよ、もう！」

叶海が怒りを露わにすると、蒼空は顔を背けたまま、手をヒラヒラ振った。

狭い自動販売機コーナーに響く蒼空の笑い声に、叶海はブスッとして唇を尖らせると、テーブルに肘をついてぼやく。

「冗談に聞こえないんだから。蒼空の馬鹿」

「アッハッハ！　わりい、わりい。あんましメソメソしてるからよ。ここは一発かましてやろうと思ったんだ」

「悪かったね、失恋を引きずってて」

するると、蒼空は笑うのをやめて、じっと叶海を見つめながら言った。

「いいんじゃねえの。俺は――お前の一途なところ、好きだぜ」

「……っ！」

叶海はパッと顔を赤らめると、次の瞬間には脱力して微笑んだ。

「ありがと。……ふざけたことも言ったりするけど、なにがあってもそばで励ましてくれる蒼空のこと、私も好きだよ」

そして、ニッと白い歯を見せて親指を立てた。

「ほんと！ 世の中の女は見る目がないね。こんないい男を放っておくなんてさ」

叶海の言葉に、蒼空は一瞬だけ瞳を揺らすと、苦虫を噛み潰したような顔になった。

「お前が言うな」

「……？ どういうこと？」

「ええい、忘れろ。そら、さっさと残り食っちまえ。暗くなる前に帰るぞ」

「はあい」

叶海はすっかり冷めてしまったうどんに向き合うと、残った麺を啜り始めた。

その様子を半ばあきれて見つめていた蒼空は、ふと購入したうどんを取り忘れていたことを思い出して渋い顔になった。恐る恐る自販機から取り出し、伸びきってしまったそれを前に、グッと眉根を寄せる。

「……厄日かよ」

そして蒼空は、くつりと喉の奥で笑うと、子どもの頃と同じように、叶海と大騒ぎしながら食事をしたのだった。

数時間後。ちらちらと雪が降る中、往路と同じようにバイクで走りだす。やっとスピードに慣れてきた叶海は、ひたすらバイクを走らせている蒼空に話しかけた。

「──ねえ！　私、これからどうしたらいいと思う？」

「どういうことだよ」

「このまま村にいてもいいのかな。それとも……他の場所へ行くべき？」

「そんな重要なこと、俺に訊くのかよ」

「蒼空だから訊くの！」

「……ったく」

蒼空は小さく首を振ると、まっすぐ前を見つめたまま続けた。

「お前、雪嗣のことは完璧にあきらめたのか？」

「……それは」

「あきらめきれねえんだろ？　なんだっけ、前世の女だっけか。ああ、雪嗣の野郎。そのこと、俺にも隠してやがったんだよな。ちくしょうめ。友達甲斐のない奴だぜ」

忌々しげに吐き捨てた蒼空は、背中にしがみついている叶海にちらりと視線を向けて、眉をひそめた。

「そんで。お前はどう思ってんだよ。その女のこと」

「えっ……」

「梅子って女のこと、どう思ってんのかって訊いてる」

叶海は一瞬だけキョトンとすると、苦しげに瞼を伏せた。

「……そりゃあ、羨ましいなって。雪嗣に好かれていて、愛されていてさ……。死んでからもずっと待ってもらえるって、最高に幸せだろうなって」

「ふうん、それで？　お前は梅子とやらに負けてんのか？」

「負けって……。死んでる人相手に、負けるも勝つもないでしょう？」

「そうかー？」

バイクが直線道路に入ると、蒼空はアクセルをふかした。みるみるうちに上がっていくスピードに、さすがに恐怖を覚えた叶海は蒼空に強くしがみつく。

「いやあ！　なんか速くない⁉　法定速度！　法定速度を守って！」

叶海が必死に抗議するも、当の蒼空は楽しげに口元を緩めながら、上機嫌で話を続けた。

「正直よ、俺は今回の話を聞いた時、すげえ違和感しかなかったぜ！」

「なに!? い、違和感……!? どうしてよ！」

「だってよお、押しかけ女房するような叶海が、過去の女の存在を知っただけで、降参～って腹を見せるなんてらしくねえなって」

「………」

「俺の知ってる叶海なら……そんなもん知らねえ！ 現実を見ろ、目の前にこんなにいい女がいるんだーって、押し倒しそうなもんだけどな」

「押しっ……!?」

「既成事実を作っちまえばこっちのもんだ」

「ちょっと！」

叶海は、真っ赤な顔のままワナワナと震えると、蒼空の背中に額を押しつけて、ひどく困惑した様子で言った。

「でも。でもさ、それってすごく自分勝手じゃない？ 雪嗣は梅子って人が好きなんだもん。私が入り込む余地なんてない」

「生きてる恋人ならともかく、死人に遠慮する必要はねえだろ」

「そう……かもしれないけど」

弱々しい声を出した叶海に、蒼空は楽しげに続けた。

「それに、考えてもみろよ。梅子とかいう女の生まれ変わりが……たとえば、さっき動植物園で見た猿だったとするだろ」

「なんで猿……」

「いいから聞けよ。梅子が猿に生まれ変わったとして、雪嗣はその猿と結婚すると思うか？」

龍神と猿の夫婦。なんとも珍妙な組み合わせである。

叶海は複雑な想いを抱きながらも、小さく首を振って否定した。

「そりゃあ、しないと……思う、けど」

「普通だったらしねえよな。まあ、別に猿じゃなくていいんだ。たとえば、ゴッツイ男だったら？　性格最悪な女だったら？」

「……そんなの、雪嗣に訊かないとわかんないよ」

「まあな。だが、アイツの幼馴染みの俺にはわかるぜ。雪嗣は、人間に近い感覚を持ってる。長らくこの世界で暮らしてきたせいだろうな。普通にしてたら、神かどうかわかんねえくらいに馴染んでる。アイツは俺たちとは根本的に違う生き物だが、俺たちと同じでもある」

「……なに言ってるかわかんないんだけど？」

思わず叶海が首を傾げると、蒼空はカラカラと愉快そうに笑った。

「つまりは、俺らから見てありえねえ奴のことは、雪嗣だってありえねえって思うってことだよ。なあ、叶海。雪嗣はお前になんて言ったんだっけ？　『自分は梅子だと言ってくれ』だっけか。それってつまり――」

蒼空はもったいぶるように言葉を区切ると、噛みしめるように言った。

「お前が梅子だったらいいなってことだよ。自分にとっての最愛の女が、叶海であってほしいって思ってるってことだ。本人が気づいてるかどうか知らねえけどな」

「……！　い、いや。待って」

叶海は蒼空の言葉をすぐには信じられなくて、思わず黙り込んだ。

蒼空の理屈はわかる。たとえ前世で愛した相手であっても、本人そのものの姿、性格で生まれ変わるわけではない以上、齟齬が起きることは簡単に予想がつく。

雪嗣だって、それくらい理解しているだろう。そんな雪嗣が――叶海が梅子であってほしいと願ったのなら、それは雪嗣が叶海自身を好ましく思ってくれている、ということではないだろうか。

「……嘘」

「俺は、嘘をつかねえ」

「……うう」

叶海は蒼空の背中に額を擦りつけた。そして自信なげにつぶやいた。

「私、まだあきらめなくていいのかな……？」

すると、蒼空はブルンとバイクのアクセルをふかして陽気に答えた。

「俺が保証するぜ。叶海、お前は案外いい女だ！」

じん、と叶海の胸が震える。蒼空の言葉が沁みて、どうしようもなく泣きたくなる。

叶海はおもむろに天を仰ぐと、涙がにじんだ瞳を何度か瞬いて、ぎゅう、と蒼空の背中を抱きしめて言った。

「私、もう少し頑張ってみる。もうちょっとだけ、この初恋が報われるようにやってみるよ。蒼空、ありがとう。あんたは最高の幼馴染みだよ！」

「ワハハハハ！　んなもん、言われなくてもわかってる！」

蒼空は腹部に回った叶海の手をぽんと叩くと、一路、龍沖村に向かってバイクを走らせた。

しかし——。

龍沖村まであと少し、というところまで来た時だ。

遠く、雪嗣の社のある方向に、不自然な黒雲が垂れ込めているのを見つけた。

「なに、あれ……」

呆然とつぶやいた叶海は、サッと青ざめた。

それは、ゲリラ豪雨の前触れに起こる気象現象に似ていた。しかし、すでに初冬だ。時期的に起こるはずもない。

「チッ、嘘だろう……!?　叶海、掴まってろ！」

するとヽ蒼空はバイクの速度を上げた。

龍沖村へと続く道は、曲がりくねった山道だ。

その中をバイクで猛然と走り抜けるのはかなりの恐怖を伴ったが、叶海は悲鳴を押し殺し、蒼空にしがみつきながらこう願った。

――どうか。どうか……雪嗣に何事もありませんように……！

＊　＊　＊

叶海が社へ続く石段の下へ到着した時、辺りはしん、と静まりかえっていた。

長時間、慣れない体勢でいたせいで固まってしまった身体を無理矢理動かし、バイクからそろりと降りる。

風は凪ぎ、降り積もった落ち葉は物音ひとつ立てない。叶海の耳に届くのは、動揺のあまり乱れた自身の呼吸音だけだ。

「クソ！　なにがあったんだ」

蒼空が焦った声をあげる。

叶海は己の身体を抱きしめると、辺りをぐるりと見回した。

そこに広がっていたのは、なんとも凄惨な光景だった。

鼻を突くのはなにかが燃える臭い。目に飛び込んできたのは、崩れた石段に、折れてしまった木々。

ふと叶海が石段の頂上に目を遣ると、煙がもうもうと立ち上がっているのが見えた。社か、はたまた雪嗣の住まいが燃えているのかもしれない。

そしてなにより——石段の下。崩れた石段が散乱するその場所に、信じられないものが横たわっている。

叶海はヨロヨロとそこへ近づくと、かくりとその場に膝をついた。

「……ゆき、つぐ……？」

そっと手を伸ばす。叶海の指先に触れたのは、血で濡れた純白の鱗だ。

すると、それはうっすらと瞳を開けた。黄金色の、収穫期の稲穂を思わせる瞳の色に、たまらなく懐かしさを覚えて、叶海は泣きそうになってしまった。

——ああ。よかった。生きている……！

叶海はその大きな瞳に自分の顔が映っているのを確認すると、震える声で訊ねた。

「どうしたの。なにがあったの……？　どうしてそんな姿に」

……そう、そこに横たわっていたのは、龍の姿へと戻った雪嗣だった。

あの春の日——叶海が目撃した時に比べると、随分とあちこち薄汚れている。純白の体は血で濡れ、長い髭は泥にまみれ、さらには立派な角が片方折れてしまっていた。あんまりなその姿に、叶海は涙がこぼれそうになるのを必死にこらえる。

するど、叶海をじっと見つめていた雪嗣は、どこかホッとした様子で言った。

「……ああ。出かけていたのか。それはよかった」

「よくない。こんなに傷だらけになって！　村にいたらすぐに駆けつけられたのに！」

雪嗣はクックツと喉の奥で笑うと、傷口が痛んだのか顔を歪めた。そして、ふう、と長く息を吐く。

「馬鹿を言うな。お前はきっと、俺が痛めつけられているのを見たら、なにも考えずに飛び込んでくるだろう？」

「……当たり前でしょ」

叶海はこぼれそうになった涙を袖で拭うと、はっきりと断言した。

「好きな人が危険な目に遭っていたら、絶対に駆けつけるよ」

叶海の言葉に、雪嗣はぱちくりと大きな瞳を瞬きして、そして小さく笑った。

「まだ――俺を好きだと言ってくれるのか。あんなひどいことをしたのに」

耳慣れた雪嗣の声に、叶海の胸がきゅう、と締めつけられる。身体の奥底から愛しさがあふれてきて、叶海は小さく頭を振ると、雪嗣に抱きついた。

「当たり前でしょ。……私をなめないでよ。雪嗣を嫌いになれるわけない」

雪嗣が小さく震える。苦しげに瞳を閉じて、ごぶりと口から大量の血を吐き出す。

「ご、ごめ……！」

鮮血を目の当たりにした叶海は、あまりのことに混乱して手を離そうとした。しかし、雪嗣はそのままでいいと制止する。

「ゴホッ……い、いや、抱えていてくれ。この方が、呼吸が楽だ」

すると、叶海の横に蒼空がやってきた。彼は周囲に鋭い視線を向けると、切羽詰まった様子で訊ねる。

「なにがあった、雪嗣。穢れか？」

「……ああ」

小さく頷いた雪嗣は、なにがあったのかを語り始めた。

「地下に潜んでいた穢れどもが、俺の力が弱まったのを知って襲ってきたんだ」

「……マジか」

「全盛期の俺ならば、簡単に対処できる程度ではあったがな。先日、始末したばかりだったから油断した」

そして長く息を吐いた雪嗣は、社の方に視線を投げて言った。

「……蒼空。すまないが、隣町の土地神に話をつけてきてほしい。襲ってきた穢れはすべて処理したものの、次がいつ来るかわからない。俺はこの有様だ。しばらく、まともに動けないだろう」

「わかった。すぐに行ってくる。それで――お前は大丈夫なのか」

心配そうに己を見つめる蒼空に、雪嗣は小さく首を横に振った。

「……そうか」

苦しげに顔を歪めた蒼空は、勢いよく踵を返した。乗ってきたバイクに跨がり、エンジン音を響かせながら遠ざかっていく。

叶海は蒼空の後ろ姿を見送った後、恐る恐る雪嗣に訊ねた。

「力が弱まったって……それは川村のじっちゃんが死んだせい？」

すると雪嗣は「そうだ」と頷いた。

「神の力は氏子の祈りだ。信じる者が減れば、それだけ力が弱まる。近年は、いつ負けるかとヒヤヒヤしていた。いつかはこうなると思っていたんだがな」

雪嗣の言葉に、叶海は覚えがあった。

叶海が初めて穢れと遭遇したあの初夏の日。昼までと約束したにもかかわらず、穢れの退治が終わっていなかったのだ。

――もしかして、あの頃からギリギリのところで戦っていたの……？

そのことに気が付くと、叶海の顔から血の気が引いていった。

和則が死んで、龍沖村に残る世帯はあと三つ。残った住民だって、誰も彼もが高齢だ。いつどうなってもおかしくない。

――次に穢れが襲ってきたらどうなるのだろう？　今でさえ、こんな大怪我をしているのに、また村人の誰かが死んだら――。

あまりのことに目眩を覚える。雪嗣が孤独なまま死を迎えるイメージが頭を駆け巡って、叶海は子どもみたいに顔をくしゃりと歪めると、大粒の涙をポロポロこぼしながら祈るように言った。

「ねえ、私……雪嗣のそばにいたい。い、いてもいいよね？　消えちゃうなんて駄目。私が雪嗣を信じ続けるから！　だから、絶対に駄目だよ……！」

叶海がそう言うと、突然、雪嗣の身体が淡い光に包まれた。次の瞬間、龍の姿をとっていた雪嗣は人形へと変身した。そして、地べたに座り込んでいる叶海の頬に手を伸ばすと、穏やかな口調で言った。

「駄目だ」

「どうして……！」

「危険なんだ。わかるだろう？」

叶海は血で赤く染まった雪嗣の白衣を掴み、勢いよく首を横に振って反論する。

「危険だってかまわない。雪嗣がボロボロになるのを、放っておけないよ！」

「子どもじゃないんだ。聞き分けてくれ」

「――大人も子どもも関係ないじゃない!!」

「……………」

叶海は困り顔をしている雪嗣にすがりつき、震える声で続けた。

「子どもの頃は本当によかった。最近、そんなことばかり考えてる。でも……それは〝大人だから〟ってあきらめてるだけ。頭でっかちになって、自分の限界を勝手に決めてるだけだよ。呪いみたいに自分を縛り上げてるのは、〝大人〟で〝常識人〟ぶってる私自身なんだ！　だから……だからっ！」

そして雪嗣の瞳をまっすぐ見据え、ありったけの想いを詰め込んで叫んだ。

「私は――雪嗣を想うことをあきらめない！　生まれ変わりがなによ。雪嗣をずっとずっと想い続けて、いつか『叶海がいい』って言わせてみせる！」

――それが私だ。この歳になるまで初恋を温め続けていたくらいなのだ。恋に破れたからと、メソメソしているなんて似合わない。ほんの少しでも可能性があるならば、好きな人のそばにい続けたい……！

「危険なのは百も承知してる。子どもの我儘(わがまま)だって笑われてもいい。だから……せめて私の心がくじけるまで、一緒にいてもいいでしょう……？」

すると、小さく苦笑を漏らした雪嗣が、叶海の頭に手を伸ばしてきた。

「そう言って、いつまでもあきらめない叶海の姿が想像できるな」

そして自身の胸に叶海を抱き寄せて、囁くように言った。

「本当に強情だな、叶海は」

「……うう。だって。だって……」

「発言は強気なくせに、すぐに泣くところも昔から変わらない。本当に困った奴だ」

雪嗣はおもむろに空を見上げると、ひとりごちた。

「いや、困りものなのは、叶海だけじゃないな。――俺という神は……いつも肝心なことに気が付くまで時間がかかるんだ。すべて手遅れになってからわかる」

そして――くすりと小さく肩を竦めると、叶海の額に唇を寄せた。

「えっ……！」

ちゅ、とリップ音が聞こえて、かあ、と叶海の顔が熱くなる。

けれど、すぐに違和感を覚えて顔をしかめた。

ぐにゃりと視界が歪み、平衡を保てなくて身体が傾ぐ。倒れないように手に力を込めようとしても、どうにもうまくいかない。

「……な、に。これ……？」

「大丈夫だ。じきに落ち着く」

「雪嗣……？」

雪嗣は叶海を抱きしめると、どこか泣きそうな顔になった。

「お前の気持ちは受け取った。ありがとう。でもきっと、その想いもすぐに忘れる」

「そん、な……！　そんなこと！」

激しい目眩の中、叶海は必死に首を振る。

けれど、雪嗣は叶海の頭を優しく撫で、どこかあきらめたような口調で続けた。

「お前の……俺に関するすべての記憶をもらい受ける」

「……嘘。雪嗣、やめて……」

「すべてを忘れて平和に暮らすんだ。叶海には都会が似合う。こんな、なにもない田舎よりも……」

「嫌よ！」

叶海は大声で否定し、雪嗣をキッとにらみつけた。

「ここには都会にないものがある。綺麗な風景も、お婆ちゃんも、村のみんなも、蒼空も……私の大好きな人も！」

その瞬間、激しい頭痛に見舞われて、叶海は盛大に顔をしかめた。

――ああ、なにかが頭から流れ出ていく感覚がする。

「雪嗣。ねえ、お願い。やめて……。私から初恋を取らないで！」

しかし、叶海の願いも虚しく、雪嗣はゆっくりと首を横に振った。

「駄目だ」

そして雪嗣は叶海の視界を手で塞ぐと、まるで子どもを寝かしつける時のように静かな口調で続けた。

「今まで一緒にいられて嬉しかった。飯もうまかったし、色々と世話をかけた。本当にありがとう……」

雪嗣の言葉に、叶海の肩がぴくりと揺れる。

絶え間なく涙をこぼしながら、イヤイヤと首を振る叶海に、雪嗣はゆっくりと噛みしめるように言った。

「記憶をなくせば俺への想いもきっとなくなるだろう。心に傷ができたことすら忘れる。だから眠れ。ゆっくり、心穏やかに」

そして叶海の首筋に顔を埋めて、まるで希うように囁いた。

「お前と出会えて、本当によかった。幸せになれ、叶海。誰よりも幸せに。俺のいない世界でも、いつもみたいに笑っていてくれ」

叶海は懸命に雪嗣の身体にしがみつくと、声を振り絞るように叫んだ。

「嫌。嫌だ！　私、絶対に忘れない。ううん、たとえ忘れたとしても――また、雪嗣を好きになる。絶対。絶対だよ……！」

ぶつんと耳の奥で鈍い音がした。その瞬間、叶海の意識が闇に沈み込む。

ぐったりと脱力した叶海を横たえた雪嗣は、震える唇を真一文字に引き締めた。

　そして、そっと叶海の耳元に顔を寄せて言った。

「叶海。俺は、お前のことが――……」

　小さな村の上空に垂れ込める黒雲から、ちらちらと雪が舞い降り始めている。

　頬を撫でるのは、乾ききった冷たい風だ。肌がひりつくほどに冷え切ったその風は、雪嗣の身体に、そして倒れている叶海へ容赦なく吹きつけた。

　まもなく、龍沖村は白く染まるだろう。山々も木々も家も――すべてが凍てつく季節がやってくる。

　長く、冷たく、厳しい冬の訪れである。

第五話　梅子と叶海

——ああ、世界がキラキラしている！

梅子は風呂敷包みを抱え、雪道をひた走りながら、そんなことを考えていた。

寒くて、昏くて……誰もが早く過ぎ去ってほしいと願ってやまない季節。

それが冬なのだと、今まで梅子は思っていた。

けれど、どうしたことだろう！

一面に広がる銀世界。静寂に包まれた世界は、青白い月明かりを反射してちかちかと瞬いている。梅子には、それが美しく思えて仕方がない。

頭上に輝く月が、控えめに存在を主張している星々が、雪化粧をした木々が、まっさらなどこまでも続くように思える雪原が——。

すべてが、梅子を祝福してくれているようだ。

だから、今の梅子にとっては冬が春以上に素晴らしい季節に思えた。

もちろん、それにはちゃんとした理由がある。

「龍神様、驚くべなあ」

梅子の脳裏には、先刻聞いた父親の声がよみがえっている。

『そんなに言うのなら仕方ねえ。神様の嫁にでもなんでもなればいい』

——とうとう、あの頑固な父の許可をもらえた！

そのことが嬉しすぎて、梅子はふわふわと飛ぶような足取りで雪道を駆けた。

「あ、わわわ……」

しかし、途端に裾がはだけてきてしまい、立ち止まって身だしなみを整える。

「いけねえ、いけねえ。これだからオラは駄目なんだ」

――神様の嫁になるのだから、こんなことでは村のみんなに笑われてしまう。

村を守る龍神……雪嗣の嫁となるからには、誰からも尊敬される素晴らしい女性であらねばならない。まずは顔からだべ。そう考えた梅子は、勢いよく顔を上げた。

――よっし。まずは顔からだべ。上品に。キリッと引き締めるんだ。


すう、はあと深呼吸をした梅子は、顔面に力を入れる。

「うっ……ふふふ」

しかしすぐに顔が緩んでしまい、内から湧き上がる喜びの感情を発散させるように、パタパタと足踏みをした。

「やめたやめた！　今日ばっかりは仕方ねぇべ。だって……」

梅子はそう言って、ちらりと風呂敷包みの中を覗いた。

そこに入っていたのは色打ち掛けだ。梅子の母が嫁入りの際に使用したもので、もともとは江戸の町から質として流れてきたものなのだという。様々な人の手を渡ったせいか、幾分か痛んではいたものの、赤地に刺繍された花々は見るも艶やかで、農村暮らしで華やかさとは無縁の梅子からすれば、極上の品に思えた。

それを——やっとのことで結婚の許諾を得た梅子に、母がくれたのだ。

『おめえが結婚する時、着せてやろうって思ってな。生活が苦しくても、これだけは手放さなかったんだ』

年老いた母が、ささくれ立った手で渡してくれた花嫁衣装。

こんな素敵なものをもらったのだから、浮かれてしまっても仕方がない。

むふふ、と上品とはほど遠い笑みを浮かべた梅子は、上機嫌で歩みを再開した。

ふと遠くを見ると、山の上にぽつんと小さな明かりが見える。

——ああ。あそこに。オラの神様がいる。

軽やかに歩く梅子の脳裏には、輝かんばかりの未来図が浮かんでいる。

紋付き袴を着た雪嗣、その隣には色打ち掛けを纏い、美しい化粧を施された自分。

誰からも祝福され、愛する雪嗣と歩む輝かしい未来——。

梅子は嬉しげに目を細めると、まるで愛しい人にするかのように、風呂敷包みを強く抱きしめた。

＊　＊　＊

「まったくもう。日がな一日ゴロゴロして」

ストーブの前に寝転んでいる叶海に、幸恵があきれた声をあげている。しんしんと雪が降り積もる冬のある日——叶海は小さく唇を尖らせると、ごろりと祖母とは反対側を向いた。

「仕方ないでしょ。絵を描く気分じゃないの。休憩よ、休憩！」

「そう言って、何日もスマホをいじってるだけだべ？　大丈夫かいな、締め切りとか」

「……大丈夫だってば、お婆ちゃんが気にすることじゃないでしょ！」

「へいへい、そうですか。口うるさいババアで悪かったなあ」

「そんなこと言ってないし」

「なに思ってるかくらい、態度でわかるんだ。この歳になると」

そう言って、幸恵はにんまり笑うと店の方へと消えた。すると、叶海の耳に賑やかな声が届いた。居間の隣にある店舗、そこのカフェスペースで、村の女性たちが集まって、いつものように駄弁(だべ)っているのだ。

「叶海ちゃんも来るかー？」

みつ江が声をかけてくれたが、叶海は聞こえないふりを決め込んだ。しかめっ面になって、おもむろにスマホの画面をスワイプする。

その時、からりと引き戸を開けて誰かが入ってきた。浅黒い顔、特徴的な垂れ目、線香の香りがする黒衣——蒼空だ。

「おお、どうした。ふてくされた顔して」

「蒼空までそんなこと言うの」

「お前はなんでも顔に出るからな。誰でもわかる」

「……うう。そんなに～？」

叶海は両手で自分の顔をムニムニいじると、不満げに半眼になった。

蒼空はそんな叶海をよそに、マイペースに部屋の中を縦断し、ひょいと店の方へ顔を出す。

「幸恵さん、みかん持ってきたから。玄関に置いてある」

「おお、蒼空。悪いなあ。いくらだ？」

「檀家から大量にもらったんだ。お裾分けだ。結構うまかったぞ。ああ、そこのお嬢さんたちもどうぞ」

「あらまー！　お嬢さんだってよ！」

「いい男は言うことが違うな」

「アッハハハ！」

村の女性たちに愛敬を振りまいた蒼空は、おもむろに室内に戻ってくると、叶海の頭をぽん、と叩いた。

「お前も食えよ。風邪予防にもなるしな」

「母親みたいなことを……」

「ワハハ！　お前を産んだ覚えはねえなあ」

するとそれまでにこやかに笑っていた蒼空が、途端に笑みを消した。じっと叶海の様子を観察するように眺め、どこか深刻な表情を浮かべる。

「どうだ。最近」

「どうだって……なによ。見ればわかるんでしょ」

「なるほどなるほど。絶不調か。理解した」

叶海の横に座り込むと、一瞬だけ黙り込み、どこか慎重な口ぶりで訊ねる。

「そういやお前、結婚の予定は？」

叶海はパチパチと何度か目を瞬くと、困ったように眉を下げた。

「やだ。忘れちゃったの？　私、生まれてこの方……一度も、恋をしたことないんだってば。知ってるくせに」

「そうだったか？」

「そうだよ。あ〜あ。いつか燃えるような恋をしてみたいな。このままじゃあ、一生独身決定じゃん。孤独死まっしぐらだわ〜」

叶海はゴロゴロ床を転がると、なにかを思いついたのか、悪戯っぽい眼差しを蒼空に向けた。

「そういえば、蒼空ってまだ独身だよね。私なんてどうよ。お寺の嫁って大変そうだけど、まあ……それなりにうまくやれそうじゃん？　愛はないかもしれないけど、幼馴染みで気心知れてるし。まあ、大丈夫でしょ」

ニシシと白い歯を見せて叶海が笑う。

蒼空は深いため息をつくと、恐ろしく嫌そうな顔になった。

「ふざけんなよ。俺にも選ぶ権利ってもんがある」

「うええ、ひどくない!?　私のどこが不満だってのよ～」

「全部だ、全部。生まれる前から出直してこい」

「女だったら誰でも口説くくせに！　蒼空のアホー！」

「なんとでも言え」

蒼空はすっくと立ち上がり、「次に会うまでには機嫌を直しておけよ」と言って、部屋から出ようとした。

叶海は少しだけ考え込んで、蒼空の背中に声をかける。

「あのさ、今度……こないだみたいに、気晴らしに連れていってよ」

「あん？　動植物園のことか？」

「そう。楽しかったなあって思って」

すると、蒼空は顔だけ叶海に振り返り、どこか期待のこもった眼差しを向けた。

「お前……あの日のこと、覚えてんのか」

その言葉に、叶海は小さく首を傾げる。

「なに当たり前のこと言ってるのよ。覚えてるに決まってる。秋の話よ？」

そして、うーんと唸りながら宙に視線を泳がせ、指折り数えながら言った。

「動植物園で動物に餌やって、香水作って、うどん食べて、そんでバイクで帰った。うん……ほら、覚えてるでしょ」

「その後のことは？」

「――え？」

叶海はキョトンとすると、へらっと気の抜けた笑みを浮かべた。

「家に帰って寝たよ？　どうしたのさ。変なこと聞いて」

「いや……」

蒼空は表情を硬くして、なんでもないと首を横に振る。

その様子を怪訝そうに見つめた叶海は、「あっ」と小さく声を漏らして手を叩く。

「もしかして疲れてる？　最近、忙しそうだし。てか、葬式でもないのに坊主が忙しいって、どういうこと？　蒼空のお父さん、選挙でも出るわけ？」

蒼空の父親は、寺の元住職であり地元の権力者でもある。なので、いつかは政治の世界へ進出するのではないかと噂されていたのだ。

すると蒼空は苦笑を漏らして、ヒラヒラ片手を振った。

「ちげえよ。ちょっと……色々と根回しが必要でな」

「……？」

「ま、お前が気にすることじゃねえよ。んじゃな、また来るわ」

そう言って、蒼空は部屋を後にした。ぴしゃん、と玄関の引き戸が閉まる音がする。

叶海は盛大にため息をこぼすと、またごろりと横になった。

「……なによ。たったひとりの幼馴染みなんだから、教えてくれたっていいじゃない」

モヤモヤしたものを感じて、叶海は、赤々と燃えるストーブの火を眺めながら目を瞑る。しかしどうにも心がざわついて、足をバタバタと動かすと、途端に脱力して、ひとりごちた。

「私ってば、どうしてこう……イラついてるんだろう」

＊＊＊

——秋までは順調だったのに、なにもかもがうまくいかない。

仕事も、人間関係も、体調も。

——全部、冬のせいだ。これだから冬ってやつは。寒いし、乾燥しているし、昏いし。早く春になればいいのに。

あくる日、広い庭にしんしんと降り積もる雪を眺めながら、叶海はぼんやりとそんなことを考えていた。

寝転がりながら抱えているスケッチブックは真っ白。

どうやらスランプに陥ってしまったようで、ちっとも絵を描く気になれない。

最近は、アトリエにも近寄っていない。

才能が涸れてしまったのかもしれない……そんな恐怖感ばかりが募る。

さらにはここ最近、身体がだるくて仕方がない。精神だって不安定だ。常にイライラしていて、なにかあると祖母に当たり散らしそうになる。なので、あまり顔を合わせないようにと、自室に引きこもることが多くなった。

「——どうしてこうなったんだろ……」

仰向けになって、自分の状況を省みる。

別に、特段変わったことがあったわけではない。仕事を辞めて、高齢の祖母宅で同居することになった。それだけのことだ。なのに——なぜだか歯車がかみ合っていないような、そんなもどかしさを叶海は感じていた。

染みがついた天井をじっと見上げる。その瞬間、叶海は痛みに顔をしかめた。

「……うっ。もう、なんなの」

突然襲いかかってきた頭痛に苛立ちを覚えつつ、ヨロヨロと台所へ向かう。戸棚から痛み止めを取り出して、口の中に放り込む。勢いよく水で流し込み、げんなりして自室へ戻る。

「もうやだ……」

そして、ぐったりと横たわると、薬が効くまでの辛抱だと自分を励ました。

こんな風に頭痛がするようになったのも、冬になってからだ。

頻繁に襲いくる痛みのせいで、叶海はここ最近夜も眠れていなかった。

肌もボロボロ、寝不足のせいか色々なことがしんどくて、なにかの天罰が下ったのかと疑いたくなるくらいだ。

「今日も無理。いいや、寝ちゃおう」

スケッチブックを遠くへ追いやって、座布団を枕代わりに仰向けになる。

そして、ゆっくりと目を瞑ると、ぽつんとつぶやいた。

「私って、こんなにあきらめが早かったかなあ……？」

すると、瞼の裏にチカチカと温かい光が見えたような気がした。

――あ。またあの夢を見るのかも……。

そのことに気が付くと、死にかけていた叶海の心が見る間に復活する。

冬になってから表れた叶海の異変は、なにも悪いことばかりではなかった。

不思議なことに、叶海は何度も何度もある夢を見るようになったのだ。

それはひとりの男性と過ごす夢だ。

特段、夢らしい派手な展開があるわけでもなく、のんびりと日常を過ごすだけ。

けれどそれは、現状に不満や不安しかない叶海には癒やしだった。

――楽しみだな……。

叶海はふんわりと頬を緩めると、徐々にこみ上げてきた眠気に身を任せた。


『……お前は本当に困った奴だ』

とろり、夢の中に落ちた叶海は、誰かに膝枕をしてもらっているのに気が付いた。

そこは畳敷きの――どこか古めかしい和室だ。すでに日が落ちているようで、行燈(あんどん)の黄みがかった温かな明かりだけが、周囲に満ちている。

叶海が枕代わりにしている太ももは男性のものらしく、引き締まっていて少し硬い。そのせいか決して寝心地はよくない。しかし、叶海にとってはそんなことはどうでもよかった。それよりももっと、重要なことがあったからだ。

結い上げているらしい叶海の頭をなぞるように、どこかひんやりとした手が往復している。成人男性と思わしきその人物の手つきは、どこまでも優しく、丁寧だ。

まるで、壊れやすいものにそっと触れるような――そんな手つき。

その人が叶海自身を心から大事にしてくれているのが伝わって、心がひたひたに満たされていく感じがする。

――気持ちいい。イライラしてた気持ちが、嘘みたいに晴れちゃった。

嬉しくなった叶海は、うっとりと目を細めた。

すると、『お前は甘えん坊だな』という声と、楽しげな笑い声が落ちてくる。

――ああ。心が、身体が……甘ったるい。

叶海は全身に行き渡った未知の感情に、くすぐったさを覚えつつも嬉しく思った。

しかし、この極上の夢にはひとつ変わった部分があった。

それは、相手の顔も、名前すらもわからないということだ。

名前はノイズがかかったように聞こえず、顔を認識することができない。そのことは叶海の好奇心をおおいにくすぐったし、同時にじれったさを感じてもいた。

――この人、一体どんな顔をしているのだろう……。知りたいな。

初めは、知り合いなのかとも思った。しかし、まったく思い当たる人物がおらず、途方に暮れてしまった。

だから今では、叶海自身の想像力が創り出したものなのではないかと考えていた。

――でも。感触とか結構リアルなんだよね……。

ぼんやりそんなことを考えていると、勝手に叶海の口が動いた。

『言ったでしょ？　絶対に君のお嫁さんになるって』

明晰夢と違い、この夢の中では、叶海はあくまで傍観者だ。

夢に出てくる叶海は勝手にしゃべるし、動く。操作できないVRのようなものだ。

だから、意識とは関係なく自分の口から漏れる甘えた声に、意識だけの叶海は、いつだって悶(もだ)える羽目になった。

──夢の中の私ってば。この人のこと心底好きなんだな。

叶海は内心でため息を漏らし、誰かにまっすぐ好意を向けている夢の中の自分を羨ましく思った。

なにせ、蒼空に言ったように、叶海自身は恋をしたことがない。

誰かにときめいたことすらないのだ。

──あれ。

その瞬間、叶海は違和感を覚えた。

本当に……自分は誰にも好意を向けたことがないのだろうか？

そんな疑問が、頭の中に唐突に湧いてくる。

──駄目だ。なんだろう。モヤモヤする……。

するとその時、夢の中の叶海が動いた。

『今日はね、君にプレゼントを持ってきたんだ！』

『なんだ？』

『フフ！　ちょっとこっち見て――』

おもむろに身体を起こした夢の中の叶海は、懐からなにかを取り出して、膝枕をしていた男性に手を伸ばした。

ちらり、叶海の視界に赤いものが入り込む。

それは真っ赤な布地だった。よくよく見ると、手縫いで端が処理されている。シンプルだが、丁寧に作られたのが一目でわかる品だ。

それを手にした叶海は、男性に抱きつくような恰好になった。そして、初雪のように穢れのない白髪に触れ――赤い布で結んでやる。

『髪を結ぶもの、なにかないかって言ってたでしょ？　これ……布地に梅の文様を縫い取ってあるんだ。あげるよ』

そして、うまく結べたことを喜んだ叶海は、そっとその人から身体を離すと、俯いたままはにかみ笑いを浮かべた。

――あ。顔が見られるかも……。

今の叶海の体勢ならば、真正面に男性の顔があるはずだ。

とくん、と叶海の胸が高鳴る。

しかし叶海の期待も虚しく、それは叶わなかった。

なぜならば——その瞬間、男性に抱きしめられてしまったからだ。

『……ありがとう。覚えていてくれたのか』

『わ、わわ。痛いよ……』

ぎゅうと強く抱きしめられて、夢の中の叶海は小さく抗議した。

けれど、言葉とは裏腹に、その顔はゆるゆると緩んでいて——。

布越しに感じる男性の体温に、今にも心臓が破裂しそうだった。

——誰かと想いを通わせることって、なんて素敵なんだろう。

まるで、温かなお湯の中を揺蕩うような幸福に包まれた叶海は、この時が永遠に続けばいいのに、と心の底から願った。

しかし——。

『もう、喜びすぎだよ。〇〇』

叶海が相手の名前を呼んだ瞬間、急激に意識が浮上した。

ぱちりと目を開く。

その時、叶海の目の前に広がっていたのは、なんの変哲もない寝室の光景だ。

叶海は恐る恐る周囲を見回し、そこに先ほどの人物がいないことを知って、大きく顔を歪める。

——どうして？　夢なのに、どうしてこんなに寂しいんだろう……。

「ひっ……ううっ……うあ……」

叶海はその場にうずくまると、ひとり涙をこぼした。

ぽろりぽろりと涙がこぼれるたびに、叶海の心に虚無感が広がっていく。

夢だというのに、叶海の肌にはあの男性の熱が残っている。

しかし、それもすぐに拭われてしまった。

叶海を包み込んでいたあの心地よい熱は、あっという間に去ってしまった。

「うう……」

叶海は両手で自分の身体を抱きしめると、絶え間なくこぼれ落ちる涙を眺めながら、ぽつりとつぶやいた。

「もう嫌だ。夢から醒めたくない」

その瞬間、窓の隙間から冷たい風が吹き込んできた。

ふるりと震えた叶海は、なにかから守るかのように、己の胸の上で手を重ねた。

それはまるで……かつてそこに、なによりも大切なものをしまい込んでいたことを、叶海自身が知っているかのようだった。

＊　＊　＊

同時刻――幸恵の店のカフェスペース。そこに、龍沖村の女性陣が集まっていた。

「あの子、どうしたもんかね」

幸恵はため息をこぼしながら、蒼空が持ってきたみかんの皮に親指をめり込ませた。

途端に、柑橘の爽やかな匂いが鼻をくすぐり、沈んでいた心を僅かばかり浮上させる。しかし、隣の部屋から泣き声が漏れ聞こえてきて、幸恵の心は、あっという間に再び沈んでしまった。

「こればっかりはなあ。龍神様が決めたことだべ？」

沈痛な面持ちの幸恵に、みつ江が渋い顔をして言った。

みつ江の言葉に追従したのは保子だ。

「この村は龍神様あってのもんだ。あの方が決めたことに、オラたちが口を出しちゃなんねえよ」

「でも……」

幸恵は表情を曇らせると、ちらりと隣の部屋に視線を投げた。

「あの子は、それはそれは龍神様のことが好きだった。みんなも知ってるべ？」

「そりゃあ……ねえ？」

「本人から聞いたもの。なあ？」

曖昧に返事をしたふたりに、幸恵はどこか切なげに言った。

「好きな人のために、こんなド田舎に押しかけてくるくらいだ。オラたちが思う以上に龍神様を慕ってたんだべな。だから、記憶を抜かれてこんなに苦しんでる」

「………………」

みつ江と保子は顔を見合わせ、眉をひそめた。

「こんなことになるなら、あん時に止めておけばよかったなあ」

「オラたち、焚き付けちまったからな。悪いことをした」

それは、叶海がこの村に帰ってきて間もない頃。雪嗣に社を追い出され、悶々としていた叶海に、みんなでこう言ったのだ。

『オラたちが平和に暮らしていけるのは、全部龍神様のおかげだべ』

『龍神様への感謝の心は忘れちゃなんねえ』

『だから、龍神様には一番に幸せになってもらわねば。まずは嫁だな！』

『んだんだ！　叶海、頑張れ！』

それまでの叶海には、どこか迷いがあったように思えた。しかし、幸恵たちの後押しで勇気づけられた叶海は、自分の恋心に自信を持ったように見えたのだ。

ほんのり頬を染めて頷いた叶海。

その姿は、今も幸恵たちの脳裏に焼きついている。

「……俊子、元気だべかなあ」

すると、当時のことを思い出したのか、保子がぽつりとつぶやいた。幸恵はみつ江と顔を見合わせると、しょんぼりと肩を落とす。

幸恵とみつ江と保子と俊子。四人は龍沖村生まれ、龍沖村育ちだ。人生のほとんどを、四人一緒に過ごしてきたと言っても過言ではない。

そんな四人だから、すでに幼馴染みなんてものを超えている。言うなれば姉妹だ。血が繋がっていないだけの姉妹。

けれど、姉妹もひとり欠けてしまっては味気ない。

お互いの死に水を取ろうなんて、冗談めかして話していたあの頃が懐かしい。

「——もう、この村は終わりなんだべか」

まるでパーツが失われたパズル。

幸恵には、今の龍沖村がそんな風に見えていた。

かつてこの村は、もっと賑やかだった。そもそも、昔は一家族の人数が違った。四人兄弟、五人兄弟なんてざらで、家族総出で畑仕事に汗を流したものだ。各家庭では家畜が飼われ、糞尿の臭いにはうんざりしたけれども、まるで家族のように世話をしていた。村の中には、常に人の笑い声や家畜の鳴き声が満ちていたのだ。

食べ物だって今よりは随分と質素だった。正月に食べる餅がなによりのご馳走で、兄弟で競争しながら食べたものだ。年寄りだって今よりも元気だったように思う。

春の山へ山菜採りに分け入る年寄りの足の速さと言ったら！　若者はついていくのに精いっぱいで、『これだから若いもんは』と笑われたものだ。

あの頃は貧しかった。けれど、今よりは確実に心が豊かだったように思う。

なのに、今はどうしたことだろう。

若者たちは去っていき、残されたのはろくに動けない年寄りだけ。誰も手入れをしない田畑は荒れ、ぼうぼうと雑草が生い茂っている。冷え切った空き家は闇に沈み、放置された家は崩落の危機に瀕しているのが大半だ。

確かに便利な時代になった。昔は想像もつかなかったご馳走が、簡単に食べられるようになった。経済的に豊かになったのは間違いない。

しかし、時代に置いていかれた龍沖村は、そうも言っていられない。

──しん、と静まりかえった村は〝のどか〟なんてレベルではなく、まるで死神に首をかききられそうになっている、瀕死の病人のようではないか。

「仕方のないことだべ」

すると、村の最高齢であるみつ江が、どこか弱気な口調で言った。

「オラたちにはどうしようもねえ」

「……そうだな」

みつ江の言葉に、幸恵は反論できなかった。

若い頃ならともかく、年老いてしまった幸恵にはできることはない。

無力な幸恵たちには、自分の人生が詰まった場所が、徐々に朽ちていくのを眺めることしかできないのだから。

「せっかく、龍神様が守ってくださった村だのに……」

見ると、保子が涙ぐんでいる。俊子と一番仲がいいのは保子だった。それもあり、誰よりも俊子がいなくなったことにショックを受けているようで、最近の保子は沈みがちだった。

「この村がこんな風になったのは、龍神様のせいじゃねえ。オラたちのせいだ。なんだか申し訳ねえよ」

保子の言葉に、幸恵は年輪のようにしわが刻まれた自分の手をじっと見つめた。

申し訳が立たない――それは、幸恵たち全員が共通して抱いている感情だ。

この村で生きる時間が長い者ほど、雪嗣からもらった恩恵を実感している。

すべてを破壊し尽くしそうなほどの大型台風が来た時も、何日も続く豪雨で川が氾濫しそうになった時も、この村の人間はいつだって心穏やかでいられた。

自分たちには龍神様がついている。その事実はなによりも心強かったし、実際に大きな災害に見舞われたことはないのだ。

だから、村人はみな雪嗣に感謝している。同時に罪悪感に襲われるのだ。

これほどまで人が減ってしまったのは、決して雪嗣のせいではないのだから。

「歳ばっかり取って、情けねえことだな」

幸恵はぽつりとつぶやくと、グッと手を握りしめた。

その時、幸恵は少し前の出来事を思い出していた。それは、冬かと見紛うばかりに冷え込んだ秋の日。叶海を雪嗣が家まで送り届けてくれた時のことだ。

叶海は意識を失っていて、驚いている幸恵に雪嗣はこう言った。

『病や怪我ではない。ただ、俺に関する記憶を失っている。詳しくは聞くな。だが、そのせいで色々と不安定になるだろう。悪いが、助けてやってくれ』

もちろんと頷いた幸恵に、雪嗣はひと言ひと言を噛みしめるように言った。

『よろしく頼む』

その時の雪嗣の青ざめた顔。儚げな笑み。生気のない姿——。

初めて見る雪嗣の表情に、幸恵はひどく驚いたのを覚えている。

「……ああ！　駄目だ駄目だ！」

すると突然、幸恵は大声を出した。グッと口を引き結び、顎を引くと、ふんと鼻から息を吐き出す。

「なにもできねえとか、クヨクヨクヨクヨしてんのは性に合わねえ！」

そして強く拳を握りしめ、ふたりに向かって力強く言った。

「なにもできねえなら、できねえなりに、やれることを探すべ！　この村には年寄りばっかで、どう足掻いたって死神さんのお迎えは免れねえ。なら！　なら……この村に住みてえって来てくれた若いもんのために、なにかするべきじゃねえか!?」

キョトンと幸恵を見つめていたみつ江と保子は、お互いに顔を見合わせると、次の瞬間に噴き出した。そして、熱弁を振るっている親友へ優しい眼差しを向ける。

「結局、孫のことに戻るんだな」

「孫はかわいいもんなあ」

「そうじゃねえ！……い、いや。孫はかわいいけんど。叶海のためだけじゃねえんだ。ふたりとも思い出してみろ。叶海と一緒にいる時の龍神様の顔」

「それは……」

ひたすら求婚しまくる叶海に、雪嗣も初めのうちは困惑しているようだった。しかし、時が経つにつれて雪嗣の反応は変わっていった。

幸恵の中にある雪嗣像は、神らしいどこか凜とした姿だった。そんな彼が、徐々に叶海を受け入れて、よく笑うようになったのだ。

それは、幸恵にとって驚きだった。

雪嗣とは生まれた時からの付き合いだ。彼のことはよく知っていると思っていたのに、ほんのりと頬を染めて、顔をクシャクシャにして笑ったり、怒ったり、戸惑ったりする姿は本当に新鮮だった。どこか人間くさい雪嗣の姿に、幸恵は彼という神の存在をますます好きになってしまった。

「オラ、こう思うんだ。愛する人がそばにいてくれるってことは、なによりも嬉しいことだ。それはきっと神様もそうだべ。龍神様は、叶海を悪く思ってはいなかったと思う。いんや、むしろ好きだったに違いねえ。無駄に歳だけ重ねたババアの直感だ。なんの根拠もねえけども……今回のことは、きっと龍神様も心苦しく思っているはずだと思わねえか⁉」

そこまで言い終わると、しん、と辺りが静まりかえっているのに気が付いた。

熱弁を繰り広げた幸恵を、みつ江と保子がポカンと見つめている。

みつ江なんて、お茶請けの煎餅に手を伸ばしたまま、硬直しているではないか。

――オ、オラ。一体なにを興奮してるんだべか。

途端、カッと顔が熱くなって、幸恵はもじもじと指を絡めた。

叶海のことは大切だ。他にも孫はいるが、お年玉をせびるくらいで、ろくに会いにも来ない。だが叶海は違う。たとえ雪嗣への恋心が理由だったとしても、そばにいてくれる孫というのは愛おしく思うものだ。その気持ちが幸恵を突き動かしたのだろう。

それにしても、興奮して声を荒らげるなんて、大人げない――。そんな風に幸恵が落ち込んでいた、その時だ。

「アッハハハハ！」

突然、みつ江が大きな声で笑いだした。見ると、保子も口元を隠して笑っている。

幸恵がキョトンとしていると、しばらく笑っていたみつ江は、目元に浮かんだ涙を拭って言った。

「ああ、久しぶりに聞いただ。幸恵節！」

「な、なん……!?」

「幸恵は、昔からこうだったなあ。想いが滾ると、火山みたいに爆発するんだ。懐かしい。一瞬、若い頃に戻ったかと思っただよ」

「んだんだ。オラもそう思った！」

みつ江と保子は「ねー」とまるで女学生時代に戻ったかのように声を合わせると、興奮気味に頬を染めて言った。

「――よし。やるべ」

「えっ……？」

「叶海ちゃんのこと。なんとかすっべぇ！」

みつ江が声をあげると、保子も「んだんだ！」と同調した。

じん、と幸恵の胸が熱くなって、涙がにじんでくる。しかし泣いている場合ではない。幸恵は顔を上げると、ふたりに向かって「ありがとう」と頭を下げた。

「そうと決まったら、早速」

　すると、みつ江は鞄の中から分厚い手帳を取り出した。

「おお、みつ江の閻魔(えんま)帳！」

「だから、違うっていつも言ってるべ！　これはなあ……オラの人生そのものだ」

　その手帳には、みつ江の知り合いすべての連絡先が載っている。

みつ江は郷土料理研究家という顔を持っているせいか、やたらと顔が広い。一時期、地方局の料理番組に出演していたこともあり、多方面に顔が利くのだ。

「まずは、どうして龍神様が叶海ちゃんの記憶を消したかだなあ。蒼空か」

　ふむと数瞬考え込んだみつ江は、ペロリと指を舐(な)めて手帳のページをめくっていく。

　そして、電話を借りると幸恵に声をかけ、そそくさと奥へと引っ込んだ。

「オラも負けていられねえな」

　すると保子も動きだした。店の生鮮食品の棚を覗き込み、思案顔でいくつかの品を手に取る。その姿になにか嫌なものを感じた幸恵は、恐る恐る保子に訊ねた。

「……な、なにをするつもりだ……？」

　幸恵の問いに、保子は不思議そうに小首を傾げると、マシュマロの袋を手に笑う。

「これから色々と大変だろうから、オラの手料理でみんなを励まそうと思って」

「いやいやいやいや！　それはやめとくべ、保子！」

「ええ〜？　どうしてだ〜。みんなが元気になる料理のイメージが、こう……ピーン！と降ってきたっていうのに」

「気持ちだけ！　気持ちだけ受け取っておくべ！」

「仕方ねえなあ……」

　魔改造料理の製造をすんでのところで阻止した幸恵は、ホッと胸を撫で下ろした。するると、そんな幸恵の手を保子はギュッと握った。そして、どこか夢見るような柔らかい微笑みを浮かべると言った。

「なにか必要なことがあったら、なんでもオラに言うんだぞ？　オラたち……幼馴染みじゃねえか」

「……！　うん。うん、うん……！」

　保子の言葉に感激した幸恵は、何度も何度も頷くと、天に拳を突き上げた。

「なんかあったらすぐに言う。約束だ！　よおし。やってやる。孫のため、龍神様のため……！　オラはやるぞー！」

　ひとり燃えている幸恵に、保子は小さく笑った。

「ほーんと。思い込んだら一直線のところ、幸恵と叶海ちゃんはそっくりだべな」

「ん？　なにか言っただか？　保子。あ、料理か？　料理はあきらめてけろ。今、誰かが腹を下したらたまったもんじゃねえべ」

「待って、幸恵。それってどういうことだべか……」

「なんだ、保子が料理とかって聞こえたんだべども！　幸恵、とめれ！　絶対にやめさせれ！」

「みつ江までー！」

わあわあと賑やかな声が、久しぶりに店の中に響いている。

幸恵はお腹を抱えて大笑いすると、叶海がいる部屋の方に視線を向けた。

――待ってろ、叶海。婆ちゃんがなんとかしてやっかんな……！

＊　＊　＊

叶海の様子がおかしい。

そんな話を蒼空が聞いたのは、冬が訪れてから一カ月ほど経った頃だった。

情報元は叶海の祖母である幸恵からだ。普段の溌剌(はつらつ)とした叶海からは想像がつかないほど悄然(しょうぜん)とし、仕事もろくにせずに過ごしているのだという。

――雪嗣の記憶を消されたからだろうなあ。

ぷかりと紫煙を吐き出し、雪道を歩きつつ考えを巡らせる。

蒼空自身も何度か顔を見に行ったが、記憶を失った叶海は、以前の彼女とはどこか違ってしまったように思えた。

少し前までの叶海は、まさに恋する乙女そのものだった。

彼女の栗色の瞳が常に追っているのは雪嗣だ。

好きな人の一挙一動に、時には大喜びして、時にはどん底まで落ち込む。

感情に合わせてコロコロ変わる表情は、小学校の頃、共に過ごしたあの日とまるで変わらなく、忘れかけていた彼女への恋心がくすぐられたものだ。

しかし、今の叶海はどうだろう。

一見すると普通にも見えるが、どことなく生気が感じられない。

以前と同じように蒼空と調子よくやり取りはするものの、どこか投げやりで、ぐったりと横たわる姿は病的だ。

なにより、瞳からは輝きが消え失せ、ぼんやりと虚空を見つめる様はどこか儚げで、見る者を不安にさせる。

初恋の相手の記憶が消えてしまっただけ。たったそれだけのことなのに、叶海は見る影もなく変わってしまった。

──それだけ、雪嗣が占めていた部分が大きかったんだろうな。なのに、考えなしに記憶を消しやがって。アイツ……。

蒼空は苛立たしげに顔をしかめると、携帯灰皿を取り出して煙草を押しつけた。そしてそれを袂へしまい、降り積もった雪をかき分けながら進む。

黒衣に雪が絡んで非常に歩きづらい。雪国育ちとはいえ、積もった雪の中を進むのは御免被りたいものだ。

しかし、蒼空はなんとしても行かねばならなかった。

なぜならば――その先に、崩壊してしまった雪嗣の社があるからだ。

「おい！　雪嗣！」

息を切らし、汗だくになりながらも、ようやく雪嗣の社へ到着した蒼空は、どこにいるかわからない幼馴染みに向かって声を張り上げた。

しかし、蒼空の声に応える者は誰もいない。

穢れの攻撃により無残にも崩れ、瓦礫の山となってしまった境内には、不気味なほどの静寂が満ちている。

「……チッ」

思わず舌打ちを漏らした蒼空は、手近にあった瓦礫の上の雪を払い、どかりと座り込んだ。懐を探って煙草に火をつけると、忌々しげに周囲に視線を巡らせる。

――気配はある。隠れてやがるな。

ため息をつきたい気持ちをグッとこらえ、蒼空は渋い顔をしたまま、恐らくこちらの様子をうかがっているだろう友へと語りかけ始めた。

「手続きは順調に進んでる。うちの親父が議員共の尻を叩いてるから、年が明けて、議会が再開したら動きだすはずだ。それまで辛抱してくれ」

どさり、とどこかで雪が落ちた音がする。蒼空は短髪を指でボリボリかくと、そのまま話を続けた。

「和則さんちの俊子さんは、子どものところで元気にやってるそうだ。ひ孫の面倒を押しつけられて、村にいた時よりも随分と忙しいらしい。電話越しで笑ってたよ」

そこまで話すと、蒼空はちらりとある場所へと目線を向けた。

それは、焼け落ちてしまった雪嗣の家だ。黒焦げた梁が、降り積もった雪の合間から天に向かって突き出し、風が吹くと焦げた臭いが鼻をつく。

ほんの少し前まで、そこで繰り広げられていた叶海と雪嗣のやり取りを思い出しながら、蒼空は苛立ちをぶつけるかのように言った。

「――なあ。雪嗣よ、どうして叶海の記憶を消した？」

小鳥が囀る。けれど、雪嗣からの反応はない。

「てめえ！　逃げてんじゃねえぞ！」

蒼空が叫ぶと、声に驚いた小鳥が飛び去った。

「叶海の気持ちを受け入れられねえなら、きちんと振ってやればよかったんだ！　あんな曖昧な関係じゃなく、きっぱりと断ればよかった！　それなのに、てめえは記憶を消した。お前のことを、心底好いている女が後生大事に抱えているもんを、自分勝手に奪い取ったんだ！」

そして、すうと息を吸い込み、さらに声を張り上げて叫んだ。

「死んだ女がなんだ！　今大事なのは、目の前にいる女だろうがよ！」

ここまで一気に話し終えると、さすがの蒼空も息が切れた。

肩で息をして、深く煙草を吸う。

紫煙を吐き出しながら、苦しげに眉をひそめた。

「コソコソ隠れて、俺の前にすら姿を現しもしねえ神様は知らねえだろうが、アイツは今、すげえ弱ってる。どうするつもりだ、叶海になにかあったら」

しかし、ここまで話しても雪嗣から反応はない。

蒼空は煙草を雪上に落とすと、まるで扱いきれない感情を発散するかのように、ぐりぐりと踏みしめた。

「このままお前がなにもしねえなら、叶海は俺がもらっちまうぞ。いいんだな！」

吐き捨てるようにそう言って、くるりと踵を返す。

そして、どこか弱々しい声で続けた。

「神様なら、間違ったことはすんな。いつだって正しい選択をしてくれ。女を悲しませるような真似はすんじゃねえよ。頼むよ……」

降り積もった雪を踏みしめながら、蒼空はまるで希うように囁く。

「アイツの心を埋めるのは、俺じゃ無理なんだよ。叶海が……初恋に呪い殺される前に、助けてやってくれよ、神様。このままじゃ、アイツが死んじまう」

＊　＊　＊

一方その頃、叶海はまた夢を見ていた。

まだ日の沈まぬ明るいうちだ。眠るには随分と気が早い。しかし、夢の中の男性に心奪われてしまった叶海は、つらすぎる現実から逃れるかのように、一日のうちの大半を布団の中で過ごすようになっていた。

『──ほら、言ったでしょ。私ってば裁縫だけは自信があるんだから』

縁側に座った叶海は、着物の縫い目を男性に見せて微笑みかけた。

男性はしげしげとそれを眺めて、感心したように頷く。

『さすがだな。これで、料理が壊滅的じゃなかったら完璧なのに』

『な、ななな……！　料理はこれから練習するの！　そんなこと言わないで！』

痛いところをつかれた叶海は、カッと顔を赤くして男性をポコポコ叩く。

すると、男性は叶海の攻撃を手で避けつつも、楽しそうに肩を揺らした。

——違う！　私が得意なのは料理なの……！

こんな和やかな光景の中にいながら、夢を見ている叶海の心は平静ではいられなかった。なぜならば、ここ数日、ひどい違和感に見舞われていたからだ。

現実の叶海と、夢の中の叶海。

徐々にその違いが明らかになってきて、叶海は哀しみに暮れた。

普通ならば、夢は一度きりのものだ。たとえ何度か同じ夢を見たとしても、人はそれほど夢の内容に執着はしない。

しかし、この夢は叶海にとっての救いだった。隣に座る彼との時間は、叶海にとってかけがえのないもので、癒やしで、逃げ場所で、なにより失いたくないものだったのだ。なのに——。

『お前、握り飯すらうまく握れないだろ？』

『うう、意地悪……』

『仕方ないな。慣れるまで俺が手伝ってやる』

『……料理、からっきしじゃなかった？』

『な、なんとかする！』

『フフ、期待してるね』

幸せそうに笑う叶海。

しかし、料理を得意とする叶海が、こんな会話をするわけがない。

——やめて。お願い。あなたは……私でいて。

だから、叶海は夢を見るたびにこう願った。

彼の隣で穏やかに笑って、ただただ、幸せを噛みしめていたい。

私が私として、私だけの幸せを感じていたい……！

何度も何度もそう願った。

それは現実ではなく、夢の中での話だ。眠っている間だけに叶う、本当にちっぽけな願い。けれども人生と同じように、夢の中ですら思うままにいかないことに、叶海はじれったさを感じていた。

夢の中の自分と、それを見ている自分に、ズレが起き始めている。

夢の中で叶海として現れている人物は、実は他人なのではないか——？　そんな疑問が募っていく。

それが事実ならば、まるで拷問にも等しいことだ。

ただただ、延々と——他人の幸せを見せつけられる。

彼から注がれる視線も、触れた温もりも、かすかに聞こえてくる吐息も、彼の全身から発せられている温かな愛情も。すべてが、まるで自分のことのように生々しく感じられるというのに、それは決して自分のものにはならないのだ。

——せめて、映画のようだったらよかったのに。

それはここ最近、叶海がよく考えていることだった。

聴覚と視覚だけの夢だったならば、どんなにか楽だったろう。それならば、叶海は傍観者でいられた。目の前でなにが起きようとも、ただの夢なのだと冷静でいられた。

でも——。

『俺たちは夫婦になるんだろう？　なら、これくらいのことどうってことない』

……どうして、彼の言葉ひとつひとつに、こんなにも胸が高鳴るのか。

ああ、手に汗がにじむ。顔が燃えるように熱い。隣にいる彼に触れたい。

夢の中の叶海が、そっと指先で彼の手に触れる。

なんてことだろう、彼がそっぽを向いたまま、叶海の手を握り返してくれた。

ああ！　幸せで全身が蕩けてしまいそうだ——。

——しかし、これは私の身に起きたことじゃない。

ふとした瞬間に正気に戻されて、叶海の心はどん底まで落とされる。

が、それでも彼と一緒にいたかった叶海は、とろとろと夢の続きを見続けた。

すると、夢の内容が徐々に変わっていった。

初めは、日常の場面を切り取ったものが多かったのに、穏やかさとは縁遠い場面が多く現れるようになる。

次に現れたのは、狭苦しい土間だった。

その瞬間、バチンと鋭い痛みが頬に走って、倒れた叶海は背中をしたたかに打った。

呼吸が荒い。恐怖に全身が支配されている。

早く逃げ出したい。彼に会いたい。

そんな彼女を見下ろしているのは、怒りに顔を赤く染めた中年男性だ。

『オラは許さねえ。ぜってえに許さねえからな……！』

男性に、叶海は必死の思いで取りすがる。

『おとっつあん。お願いだから、あの人に嫁がせて！』

『駄目だ、駄目だ！　お前の嫁ぎ先はもう決まってるんだ。あきらめれ！』

『嫌よ。絶対に嫌……っ！　きゃあ！』

再び振り下ろされた拳。叶海の視界が赤く染まる。激痛に悶える。男性が叶海を見下ろしている。部屋の隅では、まだ幼い弟たちが震えている。

――ああ。怯えさせちゃってごめん。ごめん……ごめんね……。

そして、場面は再び切り替わる。

そこはあの古びた和室だった。彼が肩を落としている。

『……やっぱり駄目だ。俺と君が結ばれるのは無理だったんだ』

苦しげな彼の声。しかし、ゆっくりと首を振った叶海は、心を強く持たねばと自分に言い聞かせながら、腫れ上がった顔面で無理矢理笑みを作った。

『オラ、絶対に〇〇様のお嫁になる。たとえ今生で無理だったとしても、だ』

そして相手の手を取ると、力強く願いを口にする。

『――たとえ死んだって、この気持ちは変わらない。生まれ変わっても、オラはきっと〇〇様を好きになる』

だから、嫁になれるまで頑張るしかないのだ、と叶海は再び笑った。

内心では、もう無理かもしれないと、ボロボロになった心から鮮血をこぼしながら。

――やめて！

口調まで変わってしまった夢の中の叶海に、叶海の意識は悲鳴をあげた。

――あなたは誰なの。どうして、私はずっとこんなものを見せられているの。

彼と結ばれたい。一緒にいたい。叶海が願っているのはただそれだけなのに、どう足掻いてもうまくいかない。

大好きだった父が怖い。痛い。嫌だ。もう殴らないで。でも……でも、あきらめられない。あきらめたくない！

私は――彼が好きだから！

その瞬間、叶海はハッと正気に戻った。

今、自分はなにを考えていたのだろう。これは夢で現実じゃない。現実じゃないはずなのに、生々しい感情が流れ込んできて、自分のことのように心が揺れる。

——私は、なんだっけ……。

ぼんやりと自分の状況を省みても、まるで靄がかかったようになにも考えられない。むしろ、夢の中の方が自分にとっての現実であるとさえ思えてくる。

——やばい。呑まれる……！

危機感を覚えた叶海は、夢から醒めようと必死にもがいた。

しかし、そんな叶海を嘲笑うかのように、再び場面は切り替わる。

——不気味なほど大きな月が見下ろす冬の夜。

叶海は風呂敷包みを手に走っていた。

『急げ、急げ。あの人のもとへ！』

この時、叶海の心は弾んでいた。青白い月光が照らす雪原は、叶海の目にはとても美しく見える。しかし、傍観者としてその場面を見せられている叶海にとっては、不気味にしか思えなかった。

畳みかけるように見せられた、胸が痛くなるほどの場面。

その先に続くものなんて——嫌な予感しかしない。

叶海の予感は当たった。

それは、小さな木造の橋へ差しかかった時だ。現代に生きる叶海の感覚からすれば、恐ろしく貧弱な橋は、一歩踏み出すたびにギシギシと軋んだ音を立てる。

雪駄の底に雪がこびりついているせいもあり、ひどく滑る。橋の下は真冬の川だ。水量を増し、轟々と水音を立てているそこへ落ちたらひとたまりもないだろう。

『きゃあっ』

風が吹く。ぐらりと大きく揺れた橋に、叶海の心臓が跳ねる。

叶海はこくりと唾を飲み込むと、慎重に一歩踏み出した。

『――あっ』

しかし、運命とは残酷なものだ。

ぱきん、と鈍い音がしたかと思うと、劣化していたらしい底板が抜けた。

ずるりと足を滑らせた叶海は、真っ逆さまに川の中へ落ちていく。

――ああ……！　死ぬ……！

ドボン、と大きな水音がして、肌を刺すような冷水に包まれる。

息が苦しい。激しい水流に揉まれ、どっちが上で、どっちが下なのかすらわからない。叶海の身体は、まるで木の葉のように川の流れにもてあそばれている。

――嫌。やだ、なんなの。やっと。やっと結ばれると思ったのに！

叶海が絶望感に包まれていると、突然、ふわりと身体が浮き上がった。同時にあらゆる感覚が遠ざかり、身体が楽になる。

――な、なに……？

もしかして、川から脱出できたのだろうか。

そんな風に思って、恐る恐る目を開けた。しかし、そこは相変わらず荒れ狂っている川の中で、状況はなにひとつ変わっていないように思える。

その瞬間、叶海は自分の状況を悟った。

――ああ。私……死んでしまったんだ。

寒さも暑さも、息苦しさすら感じない。それすなわち、〝死〟なのだろう。

――死ぬってこういう感じなんだなあ……。

今、自分が夢を見ていることすら忘れて、叶海はしみじみと思った。

けれど、ある場所に目を止めた叶海は、驚愕に目を見開いた。

そこには――風呂敷包みを抱いたまま、水底に沈む女性の姿があった。

黒々とした髪は、水流に翻弄(ほんろう)されて大きく広がっている。やけに地味な、継ぎの当たった紺色の着物。意志の強そうな、女性にしては太めの眉毛。固く瞑られた瞳。長く、豊かな睫毛。うっすらと浮かぶそばかすは愛嬌がある。

――私と、同じタイミングで溺れた……？　いや――それにしても。

どうして、夢の中の私と同じ着物で、同じ風呂敷包みを持っているのだろう。

叶海は息をするのも忘れ、その女性を見つめた。

すると、女性が僅かに口を開けた。ごぽりと水泡が漏れ、叶海の心臓が跳ねる。

女性はゆっくりと瞼を開けると、どこか遠くを見つめながら、ぎゅうと風呂敷包みを抱きしめ——はくはくと口を動かした。

水の中だ。当たり前だが、なにを言ったのかは聞こえない。

しかし、叶海はわかってしまった。

その女性が……誰に向かって、なにを言ったのかを。

『りゅう、じん……さま。たす、けて……』

「……っ！」

その瞬間、叶海は跳ね起きた。

「ふはっ……！　はあ……はあ……はあ……っ」

そして、勢いよく胸いっぱいに息を吸う。なりふりかまわず両腕を動かし、溺れないようにもがいて——そこが、自分の寝室であることにようやく気が付いた。

「……ああ。そっか。そうだった」

肩を揺らし、汗で濡れた額を拭う。動揺のあまり、視界がうまく定まらない。

「夢。そうだ。夢だ。生きてる。私……生きてる」

自分が自分であるか不安になり、叶海は己を両腕で抱きしめる。そして、手のひらに自分の体温を感じて、心底安堵した。

「おおい、叶海。起きてるか」

するとと、部屋の外から蒼空の声がした。

こんな夜中にどうして彼が……と不安になって窓の外を見る。

すると思いのほか外が眩しくて、たまらず目を眇めた。長い間眠っていたような気がしたが、どうやらそれほど時間は経っていないらしい。

「叶海、お前に頼みたいことがあるんだ。おい……」

「ま、待って。起きてるよ。起きてるから……」

叶海はノロノロと布団から起き上がると、寝間着が汗で重くなっているのに気が付いて、顔をしかめた。たとえ幼馴染みといえども、この恰好で会うのは憚られる。

そう思った叶海は、おもむろに箪笥へ向かった。

「……うっ」

その瞬間、また激しい頭痛に見舞われた。

「うう。ううう……っ！」

叶海はその場にうずくまると、頭を押さえてうめき声をあげる。

それは、今までで一番の痛みだった。まるで、脳を熱した鉄棒でかき混ぜられているような激しい痛みに嘔吐く。

「おい!? 叶海? 叶海……!?」

蒼空の声が聞こえる。しかし、あまりの痛さにそのまま床に寝転ぶ。

――ああ。私、死ぬのかも。

床の冷たさを頬で感じながら、叶海はぼんやりとそんなことを思った。

さっき夢の中で死んだばかりだというのに、また死ぬとはなんてことだろう。

さざ波のように襲いくる痛みに耐えながら、あんまりだと嘆く。

その時、叶海の脳裏に浮かんでいたのは、顔も名前も知らない男性のことだ。

夢の中の相手だというのに、叶海はその人に会いたくて、その人に助けてほしくて仕方がなかった。

「やだ。やだよ……死にたくない。神様……」

ボロボロと涙をこぼしながら必死に手を伸ばす。

その先に誰かがいるわけではない。けれど、手を伸ばせば――誰かが、このどうしようもない自分に手を差し伸べてくれる気がしたのだ。

「神様はここにはいねぇべ」

その時、どこか聞き覚えのある声がした。

涙でにじむ視界の中、痛みで朦朧としながら、目線だけでその人物を探す。

すると突然、氷のように冷たい手が叶海の手を握った。

そしてその人物は、叶海の顔を覗き込むと、そばかすが散った顔ににんまりと妖しげな笑みを浮かべた。

「なあ、お前。ちょっくらオラと替わってけろ」

その瞬間、さらに強烈な頭痛が叶海を襲う。

ブツン、ブツン、と耳の奥でなにかが千切れる音がする。

助けを呼ばなければと思うものの、叶海はあまりの痛みに耐えかねて、そのまま意識を手放したのだった。

＊＊＊

珍しく青空が顔を覗かせたとある冬の日。

雪嗣は、降り積もった雪をかき分けながら、村を見下ろす高台に向かっていた。

社が破壊され、ろくに参拝を受けられない今、雪嗣にできることといえば、目視で村に異常がないか確かめることくらいだったからだ。

雪嗣は必死だった。それもこれも、己自身の終わりを自覚したからだ。

たったひとりの氏子が死んだだけで、穢れとのパワーバランスが崩壊した。

それは雪嗣にとって衝撃であり、そして屈辱的なことであった。近隣に棲まう土地神に助力を願い、なんとか穢れを押さえ込むことはできているもののの、それもいつまで続くかわからない。龍沖村になにかあってからでは遅いのだ。だから、雪嗣は叶海のことが気になりつつも、目の前のものを守ることに全力を注いでいた。

すべては、自分を信じてくれている者のために。

神が自分自身の個人的な感情を優先するべきではない。それに、堅実に村を守り続けることは、回りまわって叶海を守ることにも繋がるはずだ。

雪嗣はそう自分を納得させていた。納得……できているはずだった。

『このままじゃ、アイツが死んじまう』

しかし、雪嗣の脳内に充満しているのは、弱々しい幼馴染みの声だ。それは雪嗣の心をざわつかせ、ひどく落ち着かなくさせる。

「くそっ！　くそっ！　くそっ！」

苛立ち任せに、雪を蹴散らしながら進む。

雪の重みにどんどん体力が削られるが、そんなものにかまっている余裕はない。

「じゃあ、どうすればよかった。俺になにができる。小さな村ひとつ、満足に守れない俺に一体なにができるって言うんだ！」

どん、と通りすがりの木の幹を叩く。すると、枝先を彩っていた雪化粧が落ちてきて、辺りが白くけぶった。

「……答えを教えてくれよ。誰か導いてくれよ。正解の道だけを歩ませてくれ」

——神のくせに。

その瞬間、耳の奥で誰かの声が聞こえて、雪嗣は悔しげに奥歯を噛みしめた。

やがて、冷たい風が吹きつける高台へと到着した。心を静め、雪で埋もれそうになっている村の風景を眺める。

目を皿のようにして村中を見渡していた雪嗣だったが、和則の家に視線を止めると、途端に表情を曇らせた。

「……和則が生きていたら、情けないと怒られそうだな」

遠い日、罠を持ち出して和則に怒られた時のことを思い出す。

「あれは本当に怖かった……」

苦笑を漏らした雪嗣は、じんわりと涙を浮かべた。そして、ゴシゴシと袖で拭い、深く嘆息した。

「ああ、すっかり涙もろくなってしまった。こんな姿、氏子には見せられない……」

大きく息を吸うと、気持ちを切り替えて他へ視線を移す。

すると、村の中をある一団が進んでいるのに気が付いた。

「……どういうことだ！」

その瞬間、雪嗣の髪が逆立った。勢いよく走りだし、高台から地上へと飛び降りる。眷属である水に呼びかけ、着地地点に雪を集めさせると、ぼふんと飛び込んだ。粉雪が煙幕のように立ち上り、辺りが一面白く染まる。しかし、視界が塞がれようとも一切かまわず、雪嗣は怒濤の勢いで雪上を駆けていく。

――なぜだ。誰が。どうして。

雪嗣の頭は混乱の極地へ達していた。グルグルと疑問ばかりが頭の中を回っていて、正常な思考ができない。それだけ、雪嗣が目にしたものは衝撃的だったのだ。

「はあっ……はあっ……はあっ……」

風のように村の中を駆け抜けた雪嗣は、目的の場所にたどり着くと、それらの行き先を遮るように立ちはだかった。そして滝のように流れ落ちる汗を袖で拭い、雪で白く染め上げられた世界の中、夜の闇よりも濃い黒を纏った彼らを見つめる。

――チィン。

その瞬間、一団の先頭にいた男がりんを打ち鳴らした。深い隈が刻まれた顔で、じろりと雪嗣をにらみつける。

「どうした、雪嗣。こんなところまで迎えに来るなんて、珍しいじゃねえか」

男……蒼空は、静かな――まるで凪いだ湖面のような声でそう言うと、また、りんを打ち鳴らした。途端、ふわりと線香の香りが鼻をくすぐり、雪嗣は顔をしかめる。

「俺はなにも聞いてないぞ。どういうことだ」

「どういうこともなにも。こういうことだぜ、雪嗣」

じゃらり、蒼空が手にした数珠が鳴る。普段よりも煌びやかな袈裟を纏った幼馴染みに、雪嗣は冗談であってくれと願いながら訊ねた。

「――誰だ。……誰が死んだ？　これは誰の葬列だ！」

そう、その一団は葬列だった。

僧侶である蒼空を先頭に、喪服を着た村人たちが続いている。列の中央には、白木で作られた棺があった。村の男衆と葬儀社の人間らしい男たちが、大人ひとりがすっぽり収まるサイズの棺を担いでいる。

雪嗣は焦った様子で村人たちに近づくと、ひとりひとりの顔を確認していった。

龍沖村に残る世帯はあと三つ。それほど人数は多くない。

葬列に参加していた人々の顔を検めた雪嗣は、呆然とその場に立ち尽くした。

葬列の中に、ある人物の姿がないことに気が付いたからだ。

『このままじゃ、アイツが死んじまう』

途端、蒼空の声がよみがえってきて、雪嗣は恐る恐る棺へと視線を移した。

そんな雪嗣を、葬列に参加している村人たちは、真顔のまま感情ひとつ浮かべることなく見つめている。

するると、村人たちの中から、とある人物が一歩前へ出た。それは幸恵だ。五つ紋付きの黒喪服を身に纏った幸恵は、ボサボサに乱れた髪を寒風に晒し、どこか抜け殻のような表情で雪嗣へ事実を告げる。

「龍神様。これはオラの孫娘の葬列だべ」

そしてその場にひざまずくと、顔を覆ってさめざめと泣き始めた。

「――……嘘だ」

雪嗣はぽつりとつぶやくと、ゆらゆら揺れながら棺へ近づいていった。

棺を担いでいた男たちは、雪嗣が近づいてくるのを認めると、棺をそっと雪上に降ろす。そして、雪嗣の行く手を遮らないようにその場から離れた。

「嘘だ。嘘だと言ってくれ」

寒さでかじかみ、赤くなった手を棺の蓋へ伸ばす。

この寒空の下だというのに、白木の棺の表面は冷え切っておらず、温度差のせいかほんのりと熱を持っているようだった。

こくりと唾を飲み込んだ雪嗣は、恐る恐る棺の蓋をずらしていく。

「……ああ」

そして、その中に横たわる人物の顔を見た途端、思わず声を漏らした。

——赤。赤色が。

鮮烈なほどに色鮮やかな赤色が、死者を彩っている。

ひとつは、固く閉ざされた唇にぽってりと塗られた紅。

潤いを失いつつある肌とは対照的に、紅のぬらりとした瑞々しさは、毒々しくも、なまめかしくも見える。

そしてもうひとつは色打ち掛けだ。

死に装束の上に羽織った色打ち掛けは、皮肉なほどに大輪の花を咲かせ、白を通り越し、青黒くも見えるその顔色から目を逸らさせようと、必死に己を主張している。

棺と身体の隙間を埋めるように、大量の白い菊の花が敷き詰められていたからなおさらだ。

菊の花びらに浮かび上がった鮮烈な赤は、見る間に雪嗣の目に焼きついて。

強烈な花の匂いと共に、雪嗣の心を大きく抉った。

「叶海……」

震える声で、雪嗣はその人の名を呼んだ。

「叶海、起きろ」

手を伸ばし、指先が触れそうになったところで、一瞬躊躇する。

しかし、こくりと唾を飲み込むと、恐る恐る彼女の髪に触れた。

「冗談はよしてくれよ、叶海」

そして、髪をなぞるように指先を動かす。

幼い頃から、叶海は雪嗣に頭を撫でられるのが一等好きだった。

子ども扱いしないでと言いながらも、いつも嬉しそうにはにかんでいたのだ。

だから——今だって雪嗣が撫でてさえやれば、嘘だよと言って飛び起きる気がした。

しかし、指先が掠めた叶海の頬は冷え切っていて、その真冬の夜のような冷たさに、雪嗣は固く目を瞑ると、背後に立つ蒼空へ訊ねた。

雪嗣はたまらず手を引っ込める。まるで熱を持たない叶海の身体が物恐ろしくて、

「俺のせいか」

すると、蒼空は淡々と答えた。

「そうだ」

「〜〜っ！」

その瞬間、雪嗣は拳を地面に叩きつけた。硬く踏みしめられた雪は、いとも簡単に雪嗣の肌を裂いた。鮮やかな赤が、純白の雪を汚していく。

「どうしてだ。俺に関する記憶は奪ったはずだ」

「叶海は自分で記憶を取り戻したんだよ。でも——そのせいで、絶対にお前と結ばれねえ未来に絶望しちまったんだ」

「それだけ、お前のことが好きだったんだ。なあ、雪嗣。人ってよお、本当に……恋わずらいで死ぬもんなんだな」

――やめてくれ……！

これ以上、蒼空の言葉を聞きたくなくて、耳を塞ぐ。

背中に感じる村人たちの視線が、まるで槍のように雪嗣の身体に突き刺さる。

誰かを守ることに生涯を捧げてきたはずなのに、守るどころか相手を死に追いやってしまった。あまりにも矛盾。あまりにも残酷な現実に、目の前が真っ暗になる。

「俺は！　なんのためにここにっ……！」

雪嗣は、己の無力さを嘆くように天を仰いだ。

「神とはなんだ。守りたい相手も守れない。力をも失いつつある。そんなもの、人間以下じゃないか。ただの役立たず。叶海を殺したのは俺だ。俺のせいで……」

――ああ、ガラガラと積み上げてきたものが崩れ落ちていく音がする。

「……う、あああああっ……！」

そして雪嗣は、両手で顔を覆うと、涙をこぼしながらうずくまった。

――その時だ。

「絶望……？」

「まったく……」

女性のどこかあきれたような声と共に、はらりと一輪の菊の花が落ちてきた。

突然現れた柔らかな白色に、雪嗣は動揺しながらものっそりと顔を上げる。

そしてそこにいる人物と目が合うと、涙で濡れたままの瞳を驚愕に見開いた。

「龍神様は、真面目すぎるところが玉に瑕だべな」

棺の縁に手をかけ、上半身を起こしたその人は、そう言うとふんわり笑った。

その微笑みは、冬の薄い色の空に、ぽつんと彩りを添える梅の花のようだ。

「かなっ……み……？」

叶海がよみがえったのかと、一瞬だけ雪嗣の表情が喜色に染まった。

しかし、それはすぐに色褪せた。なぜならば、強烈な違和感に襲われたからだ。

目覚めた叶海は、やけにぎこちない動きをしていた。何度も何度も手を滑らせて、棺をまたぐのも苦労しているようだ。まるで、扱い慣れないものを無理矢理動かしているような気持ち悪さがある。

「ホラ。手ぇ貸せ」

「お坊様、ありがとう」

蒼空が手を貸してやり、叶海はようやく地面に降り立った。そして、地べたに座り込んだままの雪嗣の前までやってくると、その場にぺたりと座って、ほうと息を漏らす。次いで、へらっと気の抜けた笑みを浮かべ、ぺこりと頭を下げて言った。

「お久しぶりだべ。龍神様」

その瞬間、雪嗣はその相手が誰なのか理解した。

「梅子……？」

「んだ。オラは梅子だ」

叶海──梅子が肯定すると、雪嗣の瞳からぽろりと大粒の涙がこぼれた。

「戻ってきてくれたのか」

呆然と語りかける雪嗣に、梅子はゆっくりと首を横に振った。

「いんや？　違う──」

そして大きく右手を振りかぶると、にっこりと笑みを湛えて言った。

「オラは、龍神様に活を入れに来たんだ」

──バチンッ！

その瞬間、梅子の右手が雪嗣の頬を勢いよくはたいた。

雪嗣の視界にちかちかと星が飛び、それを見ていた誰もが顔を引きつらせる。

「おお、痛え」

当の梅子は、ほんのり赤くなった手に息を吹きかけると、ふふんと得意げに、わけもわからずキョトンとしている雪嗣を眺めた。

その瞬間、カッと雪嗣の頭に血が上った。今まで感じていた驚きも、なにもかもが吹っ飛んで、まるで梅子が生きていた頃のように叱る。

「なっ……なにを……っ！　梅子!!　また考えなしにお前は！」

「アハハ！　龍神様に怒られただ〜！」

梅子はケラケラと無邪気に笑うと、喜色満面で雪嗣を見つめる。

「まあでもこれは、龍神様が悪いしな。仕方ねえべ。オラ、謝んねえぞ」

「……どういうことだ？」

「あらまあ。自覚ねえだか？　まったく、これだから龍神様は！」

クスクスと色打ち掛けの袖で口元を隠した梅子は、次の瞬間には、鋭い視線を雪嗣に投げた。そのあまりの変わりように、雪嗣の心臓がどきりと跳ねる。

「オラと結婚するって約束したくせに、他の女に心を奪われちまった。これは、殴られても仕方ねえべ？」

「………………」

「それに――」

梅子はすうと目を細めると、氷のように冷たい手で雪嗣の胸ぐらを掴んだ。

そして、どこか冷え切った表情で淡々と告げる。

「龍神様には失望した。好きになった女を泣かせるような男だとは思わなかっただ」

「……う、梅子？」

困惑している雪嗣に、梅子は己の胸に手を当てて続けた。

「本当に状況を理解しているだか？　叶海は死にかけてる。この偽りの葬列が、本当になるのも時間の問題だ」

──偽りの葬列……。

雪嗣は安堵の息を漏らした。少なくとも、叶海はまだ生きているらしい。すると、不機嫌そうに顔をしかめた梅子が強い口調で言った。

「なぁに安心しきった顔をしてるだ。人の話をちゃんと聞いてるだか？　叶海が死にかけていることには変わりねえ。だからこそ、ただの亡霊であるオラが取って代われたんだから」

「亡霊……!?」

梅子の言葉に、一瞬、雪嗣の頭が真っ白になる。

「待ってくれ。どういうことだ……」

「単純な話だ。この娘は、オラの生まれ変わりでもなんでもねえ」

梅子はなんでもないことのように言うと、寂しげに視線を地面に落とした。

「そもそもオラ自身、本当に生まれ変われるだなんて思ってなかった。あの時は、死の間際で必死だったんだ。龍神様を誰にも盗られたくなくて思わず言っちまった」

すべては、自分の醜い感情から来た発言なのだと梅子は語った。

「綺麗じゃねえなあ。本当に人間の心ってもんは綺麗じゃねえ。見かけだけよくっても、結局は独占欲とか嫉妬とか、ドロドロしたもんが詰まってる。オラもそうだった。自分の発言が、龍神様を縛りつけるとわかっていたのに」

梅子は三つ指をつくと、雪嗣に向かって頭を下げた。

「ごめんなさい。オラのせいで、龍神様を苦しめちまった」

「……っ！」

雪嗣は小さく息を呑むと、混乱する頭で必死に考えた。

叶海は梅子の生まれ変わりではなかった。

ふたりの魂が似ているのは、完全に他人のそら似だったのだ。

――本当に？

思わず眉をひそめる。そんな雪嗣にはかまわず、梅子は話を続ける。

「……気が付いたら、この娘の中にいたんだ」

そう語った梅子は、どこか不安そうに瞳を揺らした。

梅子曰く、死んだ後の記憶がかなり曖昧らしい。すべてが靄がかかったようで、自分がどういう状況にいるのかさえ理解していなかったのだという。

「ある日突然、意識がはっきりしたんだ。そしたら……オラの目の前に、ちっこい龍神様がいた」

燦々と太陽の光が差し込む、うるさいくらいに蝉が鳴いていた夏の日。

『お前――なにしてるんだ』

梅子が覚醒したのは、雪嗣が叶海に声をかけた日のことだった。

意識だけはあるが、身体を動かせない。まるで叶海の内部から外の風景を見ているような、不思議な状況だったのだという。

それ以来、梅子は叶海の目を通して世界を見てきた。

幼少期を龍沖村で、そしてそれ以降を都会で過ごしてきたのだ。

「おかげで……色々と知れた。この娘の目を通して、今の村の状況も、村の外の世界のことも」

そして自身の胸に手を当て、ほうと熱い息を漏らした。

「この娘の気持ちも。胸に抱えているものも。この娘が、龍神様から向けられている眼差しも。ときめきも、苦しみも全部」

ぽたり、透明な雫が梅子の手に落ちる。

「オラのせいで、龍神様が苦しんでいることも知っちまったんだ……」

梅子は、涙で濡れた手を強く握りしめると、やけに晴れ晴れとした顔で雪嗣を見つめた。その顔に見覚えがあった雪嗣は、僅かに眉をひそめる。

「だから、オラ決めたんだ。龍神様のことはもういいやって」

さらにはおもむろに蒼空を指さすと、にんまりと悪戯っぽい笑みを浮かべる。

「生まれ変わったら、オラ、今度はああいう色男に恋をするんだ！」

「お、俺!?」

「ふふふ。男は甲斐性だべって、叶海の友達も言ってたしな！　そんで、物語になるくらいの大恋愛をする。誰からも羨ましがられる、温かい家庭を築くんだ。梅子を待ってたらよかったって、龍神様が悔しがるくらい」

梅子は、雪嗣に向かってどこか決意のこもった眼差しを向けた。

「だから、龍神様。オラのことはもういい。……いいんだよ、オラっていう呪縛から解き放たれても」

そして――紅色に染まった口をほころばせ、まるで春の暖かな陽光のように笑った。

――ああ。

その瞬間、雪嗣は固く目を瞑った。自分がこれからなにをするべきか……そして、梅子がどうしてほしいのかを理解したのだ。

ゆっくりと瞼を開き、おもむろに梅子の顔へ手を伸ばす。

「……梅子」

梅子が生きていた頃と同じように、優しい声で呼びかける。

「……やめてけれ」

「嫌だ」

「やめれって言ったべ！」

「嫌だと言った」

そして涙で濡れてしまった梅子の頬を指で拭うと、ぐいと抱き寄せた。

「お前は本当に昔からわかりやすいな。つらい時ほど笑うんだ」

笑い混じりの雪嗣の言葉に、梅子はぴくりと肩を震わせる。

雪嗣は梅子の耳元に口を寄せると、そっと囁くように言った。

「俺は……梅子を愛していた」

「……ッ！」

さらに身を硬くした梅子に、雪嗣は静かに語りかける。

「俺の心を解きほぐしてくれたのは、梅子、お前だった。お前といると、なんでもないことが楽しくて楽しくて仕方がなかった。ずっとそばにいたいと思ったから、お前と夫婦になろうと思った……」

心が引き裂かれそうなほどに痛んでいる。

それにはかまわず、雪嗣は梅子をさらに強くかき抱いた。細く、今にも折れそうなその身体を、想いに比例するかのように強く――。

「神はどこまでも孤独だ」

ていく。

雪嗣の言葉に、梅子は軽く目を見張った。下ろしていた手を、ゆっくりと持ち上げていく。

「神は完璧であらねばならない。人のように間違いを起こすことは赦されない。その行動にはいつだって責任がつきまとう」

雪嗣の脳裏には過去の光景がまざまざとよみがえっていた。梅子の死を知り、憤怒に染まる梅子の父の顔。泣き崩れる梅子の母。殴られ続ける雪嗣を、怯えた表情で見つめている梅子の弟たち。筵(むしろ)に包まれた梅子の亡骸(なきがら)と共に、この村を去っていく梅子の家族を、雪嗣はただ見送ることしかできなかった。

「すまなかった。そもそも俺が、梅子を守れなかったことが原因だ」

「そ、それは。オラが勝手に川に落ちただけで……！」

「いいや。それでもだ。俺は神なのだから、愛する人間ひとり守れないなんて、あってはならないんだ」

梅子の顔がくしゃりと歪む。

瞳に涙を湛えた梅子は、持ち上げた手を雪嗣の背中に回そうとして——やめた。

「——俺は責任を果たさねばならない」

決意を込めた雪嗣の言葉に、梅子は再び手を下ろした。

雪嗣は梅子から身体を離すと、両肩を掴んでじっと見つめる。こくりと唾を飲み込み、ひと言ひと言に自分の想いを込めて言った。

「叶海を愛してしまった」

「…………」

ぽろり、梅子の瞳から真珠のような涙がこぼれた。

雪嗣は涙の行方を視線で追いながらも、それを拭おうとはせずに続ける。

「確かに俺は梅子を愛していた。お前が帰ってくるのを待ち続けてもいた。だが、今の俺の心は——叶海にある」

雪嗣は、膝をついたまま後退ると、深く頭を下げた。

はらり、雪よりもなお純白の髪がこぼれ、踏み固められた雪の上に落ちる。

「……すまない」

絞り出すように紡がれた言葉に梅子は唇を震わせると、次の瞬間には、ゴシゴシと雑な動きで濡れた頬を拭った。

「改めて言わなくとも、龍神様の今のお心が誰のところにあるかなんて、オラわかってるだよ。叶海はオラより、もっっっっっといい子だ。思い込みが激しいところもあるべども、一途でかわいい！　オラだって、叶海のことをずっと見てきたんだ。好きになっちまう気持ちは痛いほどわかる」

そこまで怒濤の勢いで言葉を吐き出した梅子は、きゅう、と色打ち掛けの袂を握りしめた。そして、どこか哀しそうな、切なそうな、それでいて憧憬（どうけい）のこもった眼差しで、晴れ渡った冬の空を見上げる。

「叶海を見てるとな、敵わねえなあ……って思う。この娘の龍神様への想いは、キラキラ、まるで宝石みたいで一点の曇りもねえ。オラみたいに、薄汚れたもんは欠片もなかった」

次の瞬間、梅子は輝くような笑みを雪嗣へ向けた。

その頬を濡らしていた涙は、とうに乾いている。

「叶海の方が魅力的だった。それだけのことだ！　仕方ねえべ！」

最後に、愛しそうに雪嗣を見つめた梅子は、彼の返答を待つことなく、スッと真顔になって話を続けた。

「……きちんと責任を取ってくれるべな？　龍神様」

雪嗣は大きく目を見開くと、すぐさま頷く。

梅子はくすりと笑い、自分の身体を嬉しそうに見下ろして言った。

「この娘は本当に龍神様のことが好きなんだなあ。まるで、心の臓が抜かれちまったみたいになってる。このままじゃ、本当に死んじまうぞ。だから、龍神様。早く記憶を取り戻してやって」

「……いいんだな？」

雪嗣が訊ねると、梅子はニッと素朴な笑みを浮かべた。

「かまわねえよ。この娘の幸せが、オラの幸せにもなるんだ」

「……にも？　おい、それはどういう――？」

梅子はその問いには答えなかった。おもむろに雪嗣の髪を縛っていた赤い布を解くと、それを強く吹き込んできた北風の中に放して――。

「今までありがとう。オラ……龍神様のことが、本当に心から大好きだったよ」

そう言って、春を告げる梅の花の蕾がほろりとほころぶように微笑んだ。

＊＊＊

「叶海」

どこかで女性の声がする。

「叶海、起きて」

もう少し眠っていたい叶海は、ううんと唸りながら身体を捩った。

しかし、声の主は容赦がない。氷のように冷たい手で叶海の耳を掴むと、顔を寄せて大声で叫んだ。

「叶海！　起きろ！　こんの、ねぼすけが！」

「――はっ……！」

叶海はぱっちりと目を開けると、寝起きでぼんやりした頭で周囲を見回す。

「え。なんで……」

そして、自分がよくわからない状況に置かれているのに気が付いて、しばし考えた後、再び目を瞑った。すると、すぐそばから怒ったような男性の声が聞こえた。

「おい。どうしてまた寝ようとするんだ！」

「だって周りみんなが喪服で、なんか棺まであって、自分が色打ち掛け着てる状況を、寝起きですぐ受け入れろっていう方が難しくない⁉」

目を瞑ったまま答える。しかし、叶海の事情など相手はおかまいなしだ。

ガクガクと叶海の身体を揺さぶると、必死な様子で叫んだ。

「ええい、いいから起きろ。話があるんだ！」

仕方がないので、そろそろと瞼を開ける。すると、すぐそこに見知らぬ男性の顔があるのに気が付いて、驚きのあまり何度か目を瞬いた。

「――わ。誰？　この超絶イケメン」

男性の顔があまりにも整っていて、思わず間の抜けたことを口にする。

途端に羞恥心を覚えた叶海は、見慣れた顔を探して辺りを見回し、蒼空を見つけると、ホッと胸を撫で下ろした。

「ねえ、どういうことか説明してよ！」

するとそんな叶海の様子を見て、村人たちがざわめき立った。

「おい、雪嗣。まだ記憶を戻してねえのかよ」

「んだぞ、龍神様。早くせねば、叶海が……」

青ざめた顔をした蒼空と幸恵は、雪嗣と呼ばれた男性を不安げに見つめている。

雪嗣は鷹揚に頷くと、叶海の頭をポンと叩いた。

「意識があるうちじゃないと記憶を戻せないから、一旦起こしただけだ。安心しろ」

「ぬう。見知らぬイケメンがすごく馴れ馴れしい……」

未だに状況が掴めていない叶海は、ブツブツとどうでもいいことをつぶやいた。

ちらりと雪嗣の顔を見つめてサッと目を逸らす。

すると、そんな叶海の様子に気が付いた蒼空が心配そうに言った。

「どうしたんだよ。まだ具合が悪いとか——」

「い、いや！　そうじゃないんだけど！」

叶海は右の手のひらを蒼空に向けて制止すると、ほんのりと頬を染める。

「この人ね、夢の中で見た人と雰囲気がすごく似てて。ああ、あの人ってこういう顔してたのかなあ……って思ってたの。もしかして今も夢の中かな。現実逃避の続き？」

すると雪嗣は、驚いたように榛色の瞳をパチパチと瞬いた。

——ああ、睫毛が長い。目が大きい。肌がなめらか。かっこいい。

じん、と雪嗣の姿が胸に沁みて、叶海はほうと熱い吐息を漏らす。

「現実だったら最高だね。こんなイケメン、滅多にお目にかかれないもの」

すると、雪嗣の額に角があるのに気が付いた叶海は、やはり、今見ているのは現実ではないのだと結論づけた。

普通に考えて、角が生えている人間がいるはずなんてないからだ。

「夢にしちゃ、やけにリアルだけど」

叶海は雪嗣の顔や頭にベタベタ触った。

そして、なるほど極上だとつぶやくと、ほんのり頬を染めている雪嗣に笑いかける。

「へへ、ここぞとばかりにいっぱい触っちゃった。ごめんなさい。ごちそうさま〜」

「お前な……」

雪嗣は、そんな叶海に心底あきれた視線を向けた。

それにしても——と、叶海は考える。

——この人を見ていると、どうしてこうも心の奥が温かくなるのだろう……？

容姿が好みとか、言動にしびれた、とかそういうことではない。そもそも、雪嗣なる人物を推し量るには絶対的に情報量が足りない。

しかし、雪嗣の内からにじみ出てくるなにかに惹きつけられる。よくわからない強い力が働いているかのように、目を離すことができない。

「こんな人と恋をしたら、素敵だろうな……」

この……男性的なのに、細くてたおやかな手で撫でられたら、あの夢で感じたような心地になれるのだろうか……。

叶海がそんな風に思っていると、みんなが自分を凝視しているのに気が付いた。

雪嗣などは、鳩が豆鉄砲を食ったような顔をしているではないか。

——ああ！　やっちゃった！

叶海は、自分の口から考え事が漏れていたことに気が付き、真っ赤になって慌てた。

「あ、あああああっ！　やだ、私ったら初対面の人になんてこと！」

あまりの恥ずかしさに手で顔を覆ってしまった叶海に、雪嗣はしばらく考え事をしていたかと思うと、どこかためらいがちに訊ねた。

「……すまない。今の発言は、どう思ったから口にしたんだ？」

——水に流してくれないの、このイケメン！

ただでさえ恥ずかしくて逃げ出したいのに、と叶海は涙目になる。

しかし、雪嗣の真剣な眼差しを見つけると、「うっ」と小さく呻いた。

「は、話さないと駄目です？」

「不躾(ぶしつけ)で悪いとは思っている。だが、知りたいんだ」

「……ええと」

イケメンの真摯な眼差しに、叶海はもじもじと指を絡ませた。

しかし、ここは夢の中なのだし、と開き直った叶海は、ちろりと上目遣いで雪嗣を見つめながら言った。

「理由は自分でもよくわからないんですけど。雪嗣……さん？を見ていると、じんわりとここが温かくなって」

叶海は、とん、と自分の胸を指さし、嬉しそうにはにかんだ。

「キラキラしたものが満たされてく感じがします。なんか……そばにいるだけで幸せになれそうだなって……そんな予感がするんですよね。夢見がちって思われるかもしれないですけど、つい……幸せな未来を想像しちゃう」

それは、恋人としてそばにいる未来。

夫婦として同じ道を歩く未来。

親として、子を育む未来。

人生の終わりを感じながら、残された時間を共に過ごす未来。

そのどれもが、頭のてっぺんからつま先まで、幸福で満ちあふれるような未来だ。

「変な感じ。このままそばにいたら——あなたに恋をしてしまいそう」

叶海は頬を薔薇色に染めてそう言うと、次の瞬間には勢いよく顔を逸らした。

「ああ！　夢だからって調子に乗っちゃった！　アッハハハ！　忘れてください！」

——美人以外が言ったら、怒られそうな台詞だなあ……！

まだ寝ぼけているのだろうか。迂闊なことを口走った自分を叶海が悔いていると、その瞬間、ぎゅう、と雪嗣に強く抱きしめられた。

「えっ……あ、ええ!?」

状況が理解できずに、素っ頓狂な声をあげる。

慌てて腕を振りほどこうにも、思いのほかがっちりと抱きしめられていて、逃げ出せそうにない。助けを求めて周囲の人々に視線を投げるも、なぜかみんな目頭を押さえて涙ぐんでいるではないか。

——こ、これは一体……？　私はどうすれば……。

意味不明で、なんておかしな夢なのだろう。

叶海がひたすら混乱していると、ふと、雪嗣が震えているのに気が付いた。

——泣いている？　なにか哀しいことでもあったのだろうか。

「大丈夫ですか……？　つらいですか？」

叶海は両腕を雪嗣の背中に回すと、優しく撫でてやった。

すると、雪嗣はゆっくりと叶海から身体を離した。

その瞬間、叶海の心臓が激しく跳ねる。

なぜならば、目尻と鼻を真っ赤に染めて、安堵しきった表情を浮かべた雪嗣の顔に、目を奪われてしまったからだ。

「……ハハハ！　違うんだ。なにも哀しくはないんだ……。むしろ嬉しいくらいで」

雪嗣は大きく口を開けて笑うと、ぽろりと瞳から透明な涙をこぼす。

「いつもいつも、叶海には驚かされてばかりだ。本当に――記憶をなくしても、俺のことを好きになってくれた」

「……？　私のことを知ってるんですか？」

雪嗣の口ぶりに思わず訊ねる。

すると、雪嗣は自信満々の様子で答えた。

「当たり前だ。お前が赤ん坊の頃から知っている」

叶海が驚いていると、突然、雪嗣に手を掴まれた。ドキン、と心臓が再び跳ねる。

「私は全然覚えがないんですが……」

――うう、一体なんなの……！

怒濤の急展開に、叶海が目を白黒させていると、雪嗣はじっと叶海の瞳を見つめて言った。

「叶海、俺の嫁になってくれないか」

「――えっ？」

あまりにも唐突な求婚に、叶海は顔が熱くなるのを感じていた。身体が震え、相手の言葉を理解するのに僅かばかり時間を要する。

「いや、あの。ええと……？」

冗談ですよね、と場を取り繕おうとして、けれど雪嗣の真剣な眼差しに本気を感じて口を閉じる。

すると、その様子を見ていた蒼空がやけに焦った様子で叫ぶ。

「お前……！　それは記憶を戻してからでいいだろう！」

しかし、雪嗣はふるふると首を振り、どこか達観したような表情で言った。

「これでいいんだ。まっさらな状態の叶海に求婚したかった」

「でもよお……！」

雪嗣はくすりと笑い、視線を叶海に戻す。そして、ギュッと叶海の手を握る力を強めると、静かな声で言った。

「答えを聞かせてくれないか。叶海」

──な、なんなの……。

状況がまったく理解できずに、助けを求めて視線をさまよわせる。

けれど、蒼空も幸恵もただ見守っているばかりで、動いてはくれなそうだ。

叶海は小さく息を吐くと、腹に力を込めた。これほど真剣な相手の言葉に、冗談めかして答えるのは不誠実だろうと思ったからだ。

叶海は、雪嗣の榛色の瞳を見返すと――おもむろに口を開いた。

「――ごめんなさい！　会ったばかりですし、ええと……今はちょっと無理！」

勢いよく断りの言葉を告げて、頭を下げる。

「………！」

その瞬間、場の空気が凍りついたのがわかった。

ふたりの様子を見守っていた村人たちは、ポカンと口を開けたまま硬直している。

「フラ……れた……？」

当の雪嗣も、愕然とした表情で叶海を見つめている。

途端に申し訳ない気持ちがこみ上げてきて、叶海は色打ち掛けの袖で顔を隠した。

――ああ。イケメンの求婚を断ってしまった……！

まともに恋をしたこともない叶海には、唐突な求婚は荷が重かったのだ。

正直なところ、求婚はとんでもなく嬉しかった。

驚いたことは驚いたが、今だって、空も飛べそうなくらいにフワフワしている。

けれど、叶海はもうアラサーなのだ。将来のことを考えると、安請け合いするわけにはいかない。叶海だって、快適な老後のために色々と考えてはいるのだ！

しかし――。

……もったいなかったかなあ……!?

勢いで断ってしまったものの、みるみるうちに後悔が募ってくる。

『今のなし！』とやり直しを提案したい。

もしかしたら、この雰囲気ならいけるのではないか……？

そんな気持ちで胸がいっぱいになっていると、突然、蒼空が噴き出した。

「ふはっ！　ワハハハハハハ！」

お腹を抱えて大笑いし始めた蒼空は、雪嗣を指さして言った。

「フラれてやんの！　ざまあ！　叶海を何度もフッた報いだな！」

「ちょ、蒼空……!?　失礼でしょ！　って、私いつこの人にフラれたの!?　わああ、なに。なんなの、知らないうちに失恋歴更新しないでよ！」

なんて夢だろう。色々と突拍子もなさすぎて、頭を抱えたくなる。

「ふ、ふふ……」

すると、誰かの笑い声が聞こえてきた。まさか、とそろそろとそちらに顔を向ける。

そこには、心からおかしそうに笑っている雪嗣の姿があった。

「アッハハハハハ！　……そうか。叶海はいつもこんな気持ちだったんだな。悪いことをした」

雪嗣は柔らかな笑みを浮かべると、そっと叶海の頭に手を伸ばした。

「好きな男がいるわけではないんだよな？」

叶海を甘やかすように頭を撫でながら訊ねる。そのあまりにも極上な感触に、クラクラしながら叶海が頷くと、雪嗣はきらりと目を光らせて言った。

「なら、あきらめないからな」

「えっ」

そして——叶海の顎に手を添えて自分の方を向かせると、どこか自信たっぷりに言い切った。

「俺は、きっといい夫になるぞ」

「〜〜〜〜っ！」

その瞬間、叶海は自分の心が震えているのを感じて、思わず天を仰いだ。

冬の晴れ渡った空だ。

雲ひとつない薄い水色の空から、ちらちらと雪が落ちてくる——そんな空模様。

叶海は宙を楽しげに躍る白色の欠片に僅かに目を細めると、しみじみとつぶやいた。

「勝てる気がしない……」

そう遠くない未来、自分はきっと雪嗣に夢中になっていることだろう。

そんな予感がして、叶海は小さくため息をこぼしたのだった。

エピローグ

とん、てん、かん。賑やかな音が響いている。

境内を渡るのは暖かな春の風だ。

芽生えたばかりの初々しい緑の匂いを含んだ風は、社の再建に当たっている大工の頬を掠めると、そのまま満開の桜の枝を揺らした。

ようやく訪れた穏やかで賑やかな季節。穢れによって壊されてしまった社が、徐々にもとの姿に戻りつつあるのを眺めていた叶海は、手にしていた荷物を抱え直すと、境内の中央に立つ人物に近寄っていく。

「お疲れ様！　蒼空、雪嗣」

「おう。お疲れ」

「叶海、今来たのか」

叶海はふたりに手にした荷物を見せると、にんまり笑った。

「お昼のお弁当作ってきたの。大工さんも含めて全員分」

すると、叶海の大荷物を目にした雪嗣の顔がほころんだ。

「ありがたいな。大変だったろう？」

「いいの、いいの。これくらい。だって……」

叶海はほんのり頬を染めると、照れているのかそっぽを向いて言った。

「もうすぐ雪嗣のお嫁さんになるんだから。当たり前だよ」

「……そうか」

雪嗣は目元を和らげると、叶海の頭をポンと叩いた。

叶海はへらりと顔を緩めて気持ちよさそうに目を細める。

ふたりの様子を眺めていた蒼空は、小さく肩を竦めると、頭をかきながら見ないふりをしてやった。

＊＊＊

あの日の一連の出来事は、すべて龍沖村の村人総出で仕掛けたものだった。

陣頭指揮を執ったのは、幸恵とみつ江だ。

蒼空から事情を聞き出し、雪嗣の状況を把握し、顔を見せなくなってしまった雪嗣をおびき出すために、知り合いの葬儀社も巻き込んで作戦を練った。

叶海の身に起きた異変に関しては予想外だったが、結果的に叶海と雪嗣の問題が解決したので、村人たちの企みは成功したと言えるだろう。

……あれから、叶海は雪嗣に記憶を戻してもらった。

何度か記憶が混乱することはあったが、なんとか平静さを取り戻すことができた。

とはいえ、嫌だと言ったのに勝手に記憶を消した雪嗣への怒りはすさまじく、しばらく口を利かなかったりもしたが。

――冬の間、ふたりは何度も話し合った。

雪嗣は梅子と話したことをもれなく打ち明け、叶海は自分が感じたことすべてを伝えた。なにせ事情が混み入っている。簡単に受け入れられるものではなかったのだ。

その点、冬は話し合うのにおあつらえ向きだった。冬のひんやり冷えた空気は、ともすれば無駄に熱くなりかけるふたりの頭を冷ますのに、ちょうどよかったからだ。

そして、梅の花が散る頃――お互いに納得のいく結論に至ったふたりは、改めてお互いに求婚した。

『雪嗣、私をお嫁さんにして！』

『叶海、俺の嫁になってくれ』

同時に言って、大笑いしたのは言うまでもない。

結果、社の修繕が終わり次第、この場所で神前式を挙げる予定となっている。

――とまあ、こんな理由もあり。

相思相愛になったふたりは、周囲の視線を憚ることなくイチャイチャすることが多くなった。もともと幼馴染みであったこともあり、普通の男女の関係より距離が近かったのにもかかわらず、恋人同士になったせいでさらに密着度が増したのである。

叶海としては、好きな人と触れ合えることは喜び以外のなにものでもなかったのだが、同じ幼馴染みの蒼空からすると、ふたりのいちゃつきは目の毒だったらしい。

「ああ……。俺も早くかわいい嫁さん見つけにゃ……」

ここのところの蒼空は、どこかげんなりした様子だった。

どうも、幼馴染みふたりの婚姻が決まったことで、父親からの結婚の催促がますます激しくなったからのようだ。蒼空自身も危機感を覚えているらしく、ここ最近は真面目に婚活に取り組んでいるという。

しかし、寺の嫁というのは本当になり手がいないようで……。

叶海たちの前では順調だと強がってはいるものの、実際は、哀しいほどに戦果は上がっていないようである。

「そういえば、蒼空。あの件はどうなった？」

するとブツブツとぼやいていた蒼空に、雪嗣が訊ねた。

蒼空は得意げに白い歯を見せ、グッと親指を立てて笑う。

「ああ……合併の件か。順調だぜ。このままいけば、実現はそう遠くない」

蒼空の力強い言葉に、雪嗣はホッと胸を撫で下ろしたようだった。

そんな未来の夫に叶海は訊ねる。

「合併って？」

「そういえば、お前に説明をしてなかったな」

雪嗣は小さく笑みをこぼすと、蒼空がしようとしていることを説明し始めた。

龍沖村は過疎化のために消滅の危機に瀕している。それは誰もが知ることだ。

実はこの件に関しては、何年も前から問題視されていた。

生ける神が棲まう村を……そして、龍脈の要所を守ってくれている神を失うべきではないと、蒼空の父親をはじめ、村を出ていった子ども世代が、多方面に呼びかけていたのだという。

しかし、昨今の不景気や災害のこともあり、なかなか実現に至らないでいた。

事態が急速に動きだしたのは、ごくごく最近のことだ。

きっかけは和則の死だった。

村の合併に一番意欲的だったのが和則だ。彼は、過疎化による雪嗣の弱体化を、忙しい農業の合間を縫って訴え続けていた。しかし、なかなか問題が表面化しないせいで聞き入れてもらえず、ずっと悔しい思いをしてきたのだという。

だが、状況は一変する。和則が死んだことで、雪嗣が一気に弱り、社焼失という事態に陥ったのだ。それを重く見た隣町議会は、龍沖村との合併を急ぐことを決めた。

和則の悲願は、皮肉にも彼の死によって成就したのである。

「合併するとどうなるの？」

「ここの社の管理が合同になる。隣町の土地神の神社も老朽化が進んでいてな。うちの社を再建したら、合祀するこになった。隣町もそれほど人口が多いわけではないが、それでも今よりは随分とマシになるだろう」

　すると蒼空も話に加わった。

「それに、今は移住ブームらしくてな。龍沖村の空き家を、格安で貸し出すなんて話も出てるんだぜ。この村の奴らは、雪嗣のもとで暮らしてきたせいか、みんな気性が穏やかだ。よそもんも柔軟に受け入れるだろうさ」

「……そっか……！」

　叶海はパッと表情を輝かせると、ほうと息を吐いた。

　そんな叶海を、雪嗣は目を細めて眺めている。彼女の頭を撫でてやりながら、愛おしそうに言葉を紡ぐ。

「安心しろ。叶海を看取るまで俺は消えない」

「雪嗣……！」

　頼もしい未来の夫の言葉に、叶海は感激で瞳を潤ませている。

　しかし、蒼空からすると、ふたりが放つ雰囲気は甘ったるすぎたらしい。今にも吐きそうだ。

「ああ！　もう駄目だ。苦い珈琲が飲みてえ。幸恵さんとこに行ってくる」

　ふたりに背を向けた蒼空は、ヒラヒラと手を振った。

「次に会う時は、もうちょっと手加減してくれよ。俺の心が死んじまう」

そして軽い足取りで地面に転がっている建材を跨ぐと、さっさと石段へ向かって行ってしまったのだった。

「……もう！　すぐに茶化すんだから」

叶海があきれた声を出すと、雪嗣がクスクス笑った。

「あれも気を遣ったんだろうさ。色々思うところもあるだろうし」

「……？」

「叶海が気にすることじゃない。忘れていい」

「すんごく気になるんですけど!?」

じろりと雪嗣をにらみつける。

しかし当の本人はどこ吹く風だ。

叶海の渾身の眼力は、まったく通用しそうになかった。

ぷくりと頬を膨らませた叶海は、雪嗣に指を突きつけて宣言する。

「――いつか、絶対聞き出してやるんだからね！」

「別にかまわないぞ。話す気は毛頭ないが、付き合ってやってもいい。これから長い人生を共にするんだからな。時間はたっぷりある」

「……もう！」

叶海はほんのり頬を染めると、ぷいとそっぽを向いた。

雪嗣の笑い声が聞こえる。叶海の反応を楽しんでいるらしい。

――結婚が決まっても、子ども扱いするんだから。

叶海は少しだけむくれて、そっとポケットの中に手を差し込んだ。

指先になめらかなものが触れた感触がする。叶海は、決意したように口を真一文字に結ぶと、それを背に隠して、ドキドキしながら雪嗣に向かい合う。

「……どうした？」

雪嗣が小さく首を傾げる。

春の柔らかな日差しを受けて、彼の絹糸のような白い髪が、きらりきらりと眩い光を辺りに反射している。少し前まで布でくくられていたそれは、今はそのまま背中に流され、自由に風になびいていた。

綺麗だなあ、と叶海は一瞬だけ見惚れた。そして反対の手で自分の胸を押さえると、そこに収まっているものを確認するかのように撫でる。

キラキラ、キラキラ。今日も叶海の胸の中心には、雪嗣への想いが詰まった宝箱が置かれている。しかしその中には、以前はなかったものが追加されていた。

それは――春の訪れを告げる、かわいらしい梅の花だ。

「あのね、雪嗣。冬の間……いっぱい話し合ったでしょ？　実はさ、その時……言わなかったことがあって」

「なんだって？」

怪訝そうに眉をひそめた雪嗣に、叶海の心はすぐに及び腰になる。

けれど、懸命に自分の心を奮い立たせた叶海は、決して俯かないように、ただひたすら前を向くことだけを意識して話を続けた。

それが——この事実を口にするのに、ふさわしい振る舞いだと思ったからだ。

「実はね。私も梅子さんみたいに、彼女の人生を追体験していたの」

雪嗣の記憶を失った数カ月。何度も何度も見たあの夢は、彼女の人生そのものだったのだと、叶海は確信していた。だから、梅子自身が、同じように叶海の人生を見ていたと聞いた時は、ひどく驚いたものだ。

「あれは……今、思い出してもすごい体験だったと思う。自分じゃ身体を動かせないのに、他の感覚や感情はすべて共有しているの。気温も匂いも触感も……喜びも悲しみも恐怖も、愛しいと思う気持ちも。全部、本人と同じように感じるんだ」

初めは傍観者であるという自覚があるのだ。

しかし、夢を見ているうちに、徐々にその感覚が曖昧になっていく。

自分が、そこで体験している当人なのではないかと錯覚するのだ。

叶海はきゅっと手に力を込めると、梅子のことを想いながら続けた。

「梅子さんもね、私の人生を体験しているうちに、きっと自分が私になったような感覚になったのだと思う。少なくとも私はそうだった。今もまざまざと思い出せるよ。梅子さんのお父さんに殴られた痛みも、腫れた顔で、無理して笑った時の引きつった感覚も……冬の川に落ちた時の絶望感も」

──雪嗣を好きだという狂おしいまでの感情も。

「……それは」

叶海の言葉に、雪嗣は固唾を呑んで耳を傾けている。叶海は背中に隠していたものを、そっと雪嗣へと差し出した。

それを見た瞬間、雪嗣は僅かに目を見開く。

「ちょっとごめんね」

叶海は、あの日夢で梅子がしたように、雪嗣に抱きつくような恰好になった。指先で髪を梳き、ひとまとめにすると手にしたもので縛る。

それは、以前に雪嗣が髪の毛を結うのに使用していた赤い布だ。梅子が雪嗣のために用意したもので、あの冬の日以来、雪に埋もれて行方不明になっていたのだが、叶海はそれを人知れず回収していた。

梅子が一刺し一刺し気持ちを込めて刺繍した梅の花。

そして今──赤い梅の花弁の周りには、青い糸で波模様が縫い取られている。

「なくなったと思っていたのに……それにこれは、お前が？」

雪嗣は布の文様を驚いたように見つめて、叶海に訊ねた。

叶海はこくりと頷くと、両手を開いて雪嗣に見せた。

「私ってさ、すごく裁縫が苦手だったの。……でも、今はこの通り。びっくりするくらい上手でしょう？　練習したんじゃないよ。気が付いたらそうなってた」

叶海は呆然としている雪嗣に微笑み、胸を両手で押さえる。

「梅子さんが私に取って代わったあの日から、なんだか変な感じがするの。混ざりきっていなかったものが、しっかり纏まったような……そんな感じ」

そして雪嗣の瞳をまっすぐに見つめると、はっきりとこう言った。

「私は梅子さんの生まれ変わりなのだと思う」

雪嗣の瞳が驚きに見開かれる。叶海はふ、と表情を緩めると続けた。

「おかしいと思わない？　私と雪嗣が大変なことになったタイミングで、梅子さんが現れたこと。梅子さんの言う通り、本当に彼女が亡霊だったのなら、その存在に神様である雪嗣が気づかないってことがあるのかな？」

雪嗣はぐっと眉根を寄せた。

その点に関しては、確かに雪嗣自身も不思議に思っていたのだ。

「叶海とは長い付き合いだが、別の存在が憑依(ひょうい)していると感じたことはない」

「だよね。私も……ここ最近まで、自分自身に異変を感じたことはなかった。だからこう思ったの。梅子さんは最初から……」

とん、と胸の中心を指さす。

「ここにいたの。私の中に。私は叶海だけど梅子さんでもあった。行き詰まってしまった私たちを見かねて、梅子さんが顔を出してくれたんじゃないかって」

「なら、どうして梅子は自分を亡霊だなんて言ったんだ。叶海が梅子の生まれ変わりなのであれば、そう言えばいいだろう。生まれ変わっても俺と結ばれたいと、梅子自身も望んでいたはずだ」

叶海はふるふると首を横に振ると、どこか困ったように眉を下げた。

「……そんな単純な話じゃないよ。たとえ私という存在が梅子さんの魂の延長線上にあったとしても――私は、私という別の人格を持っているんだもの。同じとは言えない。むしろ他人だわ。私と雪嗣が結ばれたとしても、梅子さん自身が結ばれたことにはならない」

それは、梅子の過去を垣間見た叶海が散々感じたことだった。

雪嗣と過ごす幸せなひと時。音も匂いも感触もすべて生々しく感じられるというのに、傍観者でいなければいけない苦しみ。喉から手が出るほどに求めてやまない人の愛情が、自分を通り越して他人に注がれる不快感。

思い出すだけでも身の毛がよだつ。

——生まれ変わっても一緒にいたい。

本当に心から好きな人がいれば、誰しもそう願わずにはいられないだろう。

しかし、記憶も容姿も感情も、なにもかもがすべて同じ状態で生まれ変わるならまだしも、そうではない場合……それは果たして、報われたと言えるのだろうか。

ギュッと固く目を瞑った叶海は、長く息を吐いた。そして、改めて雪嗣に向かい合うと、真摯な眼差しを向けて言った。

「そもそも、前世の魂が残っていること自体が異常だったんだと思う。それだけ、梅子さんは雪嗣に想いを残したまま亡くなったってことだよね。……でも、今回のことで私と梅子さんはやっとひとつになった。そんな感じがするんだ」

「………」

まだ事態を呑み込めていないのだろう。

雪嗣はなにか考え込んでいる様子で、指先で刺繍をなぞっている。

そんな雪嗣に、叶海は悪戯っぽい笑みを浮かべた。

「……ねえ、こういう時、梅子さんならどう言うと思う?」

そして叶海は雪嗣に顔をグッと近づけると、ニッと白い歯を見せて笑った。

「『裁縫上手なオラ。料理上手な叶海! これで完璧な奥さんだべ!』」

その瞬間、感極まったように雪嗣は瞳を潤ませると、叶海に抱きついた。叶海の細い身体を折らんばかりに強く抱きしめ、その首元に顔を埋める。

「俺は、俺は……」

小さく息を漏らした叶海は、震えている雪嗣の背を撫でる。

「よかったね、雪嗣」

「……叶海？」

叶海はくすりと笑うと、慎重に言葉を選びながら言った。

「雪嗣は梅子さんを裏切ってなんかなかった。私は梅子さんでもあった。私を好きになったのは間違いじゃない。私の中の梅子さんに惹かれたってことだよ」

その言葉を聞くと、雪嗣は息を呑んだ。

身を硬くした雪嗣の背を、再び優しく撫でてやる。

「だからもう大丈夫。もう、自分の心に素直に従っていいんだよ」

叶海は知っていた。どんなに言葉や態度を取り繕っても、叶海に恋心を抱くことに雪嗣が罪悪感を感じているということを。

唯一、愛すると決めた人以外に心惹かれてしまったことを、罪のように感じているということを。

雪嗣という人は、神様のくせにそれほど器用な質ではないのだ。人間のように自由気ままに、そして無責任に愛を振りまけない。

そういうところが、叶海は好きなのだけれど。

「大好きな大好きな私の神様。どうかお願いします。ふたりぶん愛してね」

すると雪嗣は大きく頷くと、ひと言ひと言噛みしめるように、決意を込めて言った。

「……ああ。ああ!! 絶対だ。約束する。お前を……お前たちを、絶対に幸せにしてみせるからな!」

その瞬間、叶海はほうと熱い息を漏らすと、ゆるゆると微笑んだ。

そして、心の中に向かって語りかける。

——幸せだねえ。梅子さん。

すると、聞こえるはずもない声が返ってきたような気がした。

——幸せだべ。叶海。

叶海は軽く目を見張り、瞳を涙でにじませると、雪嗣から伝わる温かな熱に——そっと身を任せたのだった。

＊＊＊

龍沖村は、かつて北東北にある小さな村だった。

過疎化の煽りを受け、今は隣町と合併して、その一部となっている。

そこには、村を見下ろすように建つ社がある。

一度全焼してしまったこともあり、さほど古い建物ではない。

もともとは知る人ぞ知る隠れスポットだったらしいのだが、最近は大変御利益があるとSNSで話題になり、各地から観光客が訪れる人気の観光地となっていた。

そんな社の中、本来ならご神体が納められているはずの場所には、一枚の絵が奉納されている。

特に古いものではない。ごくごく一般的なキャンバスに、市販されている油絵の具で描かれた油彩だ。歴史的に価値があるとは決して言えない。

しかしその絵は、一年に一度の秋の収穫祭の時には、集まった人々へ必ず公開されることとなっている。なぜならば――その絵こそが、この社で祀られている神の御姿を映し取った貴重な一枚だからだ。

絵の舞台は、なんの変哲もない和室。酒が入っているのか、赤ら顔の村人たちが、純白の髪を持った人物を囲んで、大口を開けて笑っている。

老いも若きも……誰も彼もが笑顔だ。村人たちの姿からは、神への敬愛の気持ちがあふれんばかりに伝わってくる。

中心にいる白髪の人物こそが、この社で祀られている神――龍神だ。

そしてその人物は、すべてを包み込むような微笑みを浮かべ、艶やかな色打ち掛けを纏ったふたりの女性を、愛おしそうに見つめていた。

女性たちは龍神の妻だ。

ひとりは黒髪の溌剌とした女性。もうひとりは頬にそばかすが散った女性。

長年、地上で人々に寄り添い続けた現人神(あらひとがみ)は、生涯でたったふたりの女性だけを愛したのだという。

彼は今もなお——人々の笑顔に囲まれ、小さな村を守り続けている。

おわり

あとがき

初めましての方も、お久しぶりの方もこんにちは。忍丸です。

スターツ出版文庫様では二作目になります「龍神様の押しかけ嫁」いかがでしたでしょうか。

前作「化け神さん家のお嫁ごはん」もそうでしたが、こちらも異類婚姻譚です。

前回は、神様への突然の嫁入りという題材でしたが、今回は人外との幼馴染みものであります。

私、幼馴染みという属性が本当に好きでして！　前半のワチャワチャ部分、書いていてすごく楽しかったです……。正直、やり過ぎでNG出るかと思ったらそのまま通ったので、とても驚いています（笑）。スターツ出版様の懐の深さったらないですね。ラッキースケベもいけるのでは？　と思いましたが、それはさすがに自重しました……。迷惑をかける前に思い留まりましたよ……！（酷い作者ですね）

コロナ禍の中、底辺をさまようメンタルとラブコメなプロットとの狭間で悶々しながら書いたこの作品ですが、「生まれ変わり」について書けたのはよかったです……。

今の時代、「生まれ変わり」は創作物によくある設定ですが、そもそも輪廻転生という概念はなにも仏教に限った考えではありません。ヒンドゥー教や東洋思想、インド哲学、はたまた古代ギリシアの宗教思想……世界中に存在しているものです。

輪廻転生について語れば長くなってしまうので割愛しますが、自分の死後、更にその先を想像し、転生後の生をよくするために、現世で徳を積む……とか、人間の底なしの欲望を象徴しているような感じがしてとても好きです。架空の村、架空の神様を題材にしてしまったので、そこはあまり深掘りしなかったのですが、欲望と希望と願望とがない交ぜになって存在している人間の有り様って、本当に愛おしいですね。「生まれ変わり」という題材は、それを描くのに一番適しているような気もします。

まあ、色々書いてしまいましたが、自分なりの考えは書けたかな〜と思っておりますので、読者の皆様には楽しんで読んでいただけたら幸いです！

最後に謝辞を。イラストをご担当してくださった白谷ゆう様。前作に引き続きご担当頂けるとのことで、嬉しさのあまりに飛び上がってしまいました。本当にありがとうございます。編集担当様を始め、たくさんの方に支えられて出来上がった作品です。みなさまに感謝を。そして、また読者の皆様と再会できることを祈っております。

忍丸

この物語はフィクションです。実在の人物、団体等とは一切関係がありません。

忍丸先生へのファンレターのあて先
〒104-0031　東京都中央区京橋1-3-1　八重洲口大栄ビル7F
スターツ出版（株）書籍編集部 気付
忍丸先生

龍神様の押しかけ嫁

2020年8月28日　初版第1刷発行

著　者　　忍丸　©Shinobumaru 2020

発 行 人　菊地修一
デザイン　カバー　北國ヤヨイ
　　　　　フォーマット　西村弘美
発 行 所　スターツ出版株式会社
　　　　　〒104-0031
　　　　　東京都中央区京橋1-3-1　八重洲口大栄ビル7F
　　　　　出版マーケティンググループ　TEL 03-6202-0386
　　　　　（ご注文等に関するお問い合わせ）
　　　　　URL　https://starts-pub.jp/
印 刷 所　大日本印刷株式会社

Printed in Japan

ISBN　978-4-8137-0961-9　C0193

スターツ出版文庫　好評発売中!!

『あの夏、夢の終わりで恋をした。』冬野夜空（ふゆのよぞら）・著

妹の死から幸せを遠ざけ、後悔しない選択にこだわってきた透。しかし思わずこぼれた自分らしくない一言で、そんな人生が一変する。「一目惚れ、しました」告白の相手・咲葵との日々は、幸せに満ちていた。妹への罪悪感を抱えつつ、咲葵のおかげで変わっていく透だったが…。「――もしも、この世界にタイムリミットがあるって言ったら、どうする？」真実を知るとき、究極の選択を前に透が出す答えとは…？　後悔を抱える2人の、儚くも美しい、ひと夏の恋――。

ISBN978-4-8137-0927-5 ／ 定価：本体590円＋税

『熱海温泉 つくも神様のお宿で花嫁修業いたします』小春りん（こはる）・著

仕事も恋も家も失い、熱海に傷心旅行に来た花は、一軒の宿に迷い込んでしまう。モフモフのしゃべる狸が出迎えるそこは、つくも神様が疲れを癒しにやってくる温泉宿だった！なりゆきで泊まったものの宿代が払えず、借金返済のために仲居をすることになった花。しかも、意地悪なイケメン若旦那・八雲の花嫁候補にまで任命されて…⁉どん底女子が、個性豊かな神様たちと出会い成長していく、心温まる物語。「スターツ出版キャラクター小説大賞」大賞受賞作。

ISBN978-4-8137-0928-2 ／ 定価：本体660円＋税

『神様の教育係始めました～冴えない彼の花嫁候補～』朝比奈希夜（あさひなきよ）・著

飲料メーカーの営業をしているあやめは、ヘタレな後輩・十文字君とコンビを組んでいる。まともに営業もできない気弱な彼を育てるために奮闘する日々。加えて実はあやめは、あやかしが見える体質で、なぜか最近あやかしたちに攻撃されるようになり悩んでいた。そんなある日、あやかしに襲われていたところを、銀髪で和装姿の超絶イケメンに助けられる。「俺の嫁になれ」「よ、嫁⁉」動揺しつつも、落ち着いてよく見ると、その彼は十文字君にどこか似ていて…？

ISBN978-4-8137-0929-9 ／ 定価：本体630円＋税

『またもや不本意ながら、神様の花嫁は今宵も寵愛されてます』涙鳴（るいな）・著

『ともに生きよう。俺の番』――不運なOL生活から一転、神様・朔の花嫁となった雅。試練を乗り越え、朔と本当の夫婦になれたはずなのに“寝床が別”ってどういうこと…⁉　朔との距離を縮めようとする雅だが、ひらりと躱され不満は募るばかり。そんな最中、またもや雅の特別な魂を狙う新たな敵が現れて…。朔の本当の気持ちと、夫婦の運命は――。過保護な旦那様×お転婆な花嫁のどたばた＆しあわせ夫婦生活、待望の第2弾！

ISBN978-4-8137-0909-1 ／ 定価：本体560円＋税

スターツ出版文庫　好評発売中!!

『夜が明けたら、いちばんに君に会いにいく』汐見夏衛・著

高2の茜は、誰からも信頼される優等生。しかし、隣の席の青磁にだけは「嫌いだ」と言われてしまう。茜とは正反対に、自分の気持ちをはっきり言う青磁のことが苦手だったが、茜を救ってくれたのは、そんな彼だった。「言いたいことあるなら言っていいんだ。俺が聞いててやる」実は茜には、優等生を演じる理由があった。そして彼もまた、ある秘密を抱えていて…。青磁の秘密と、タイトルの意味を知るとき、温かな涙があふれる—。文庫オリジナルストーリーも収録！

ISBN978-4-8137-0910-7 ／ 定価：本体700円＋税

『美味しい相棒～謎のタキシードイケメンと甘い卵焼き～』朧月あき・著

「当店では、料理は提供いたしておりません」——。大学受験に失敗した良太が出会った一軒のレストラン。それはタキシードに身を包んだ絶世の美男・ルイが、人々の“美味しい”を引き出す食空間を手がける店。病気がちの祖母に昔のように食事を楽しんでほしい——そんな良太の願いを、ルイは魔法のような演出で叶えてしまう。ルイの店でバイトを始めた良太は、様々な事情を抱えたお客様がルイの手腕によって幸せになる姿を見るうちに、自分の歩むべき道に気づき始めて——。

ISBN978-4-8137-0911-4 ／ 定価：本体600円＋税

『ニソウのお仕事～推理オタク・まい子の社内事件簿～』西ナナヲ・著

「困り事があったら地下の伝言板に書き込むといい。第二総務部（通称ニソウ）が助けてくれるから」。会社にある、都市伝説のような言い伝え。宣伝課のまい子が半信半疑で書き込むと、ニソウによってトラブルが解決される。しかし、ニソウは社内にないはずの謎の部署。推理小説好きのまい子が、正体を突き止めようとすると、ニソウの人間だと名乗る謎のイケメン社員・柊木が現れる。彼は何者…？柊木に推理力を買われたまい子は、ニソウの調査員に任命されて…!?

ISBN978-4-8137-0912-1 ／ 定価：本体620円＋税

『きみの知らない十二ヶ月目の花言葉』いぬじゅん・櫻いいよ・著

本当に大好きだった。君との恋が永遠に続くと思っていたのに——。廃部間近の園芸部で出会った僕と風花。花が咲くように柔らかく笑う風花との出会いは運命だった。春夏秋と季節は巡り、僕らは恋に落ちる。けれど幸せは長くは続かない。僕の身体を病が蝕んでいたから…。切なくて儚い恋。しかし悲恋の結末にはとある“秘密”が隠されていて——。恋愛小説の名手、いぬじゅん×櫻いいよが男女の視点を交互に描く、感動と希望に満ち溢れた純愛小説。

ISBN978-4-8137-0893-3 ／ 定価：本体680円＋税

スターツ出版文庫　好評発売中!!

『カフェ飯男子とそば屋の後継ぎ～崖っぷち無職、最高の天ざるに出会う。～』喜咲冬子・著

預金残高325円。相棒に裏切られ、カフェ開業の夢を絶たれた武士は、今まさに屋根から飛び降りようとしていた。その一瞬、目に留まったのは向かいのそば屋。「最後に美味い飯が食いたい」実はそこは、かつての友人・道久が働くお店。そして、絶賛求人募集中だった！　人生最後のご飯のつもりがまさかの逆転!?　しかもこの商店街、何かが変で…!?　料理に人生を賭けるふたりの男が、人間も幽霊も、とにかく皆のお腹を満たします！

ISBN978-4-8137-0894-0 ／ 定価：本体610円＋税

『ご懐妊!! 3～愛は続くよ、どこまでも～』砂川雨路・著

愛娘・みなみの誕生から半年。愛する旦那様・ゼンさんと育児に奮闘中の佐波は、勤務先からの要請で急きょ保活をスタート。１歳にもならないみなみを預けることに葛藤を抱きながらも無事に職場復帰を果たすが、育児と仕事の両立、みなみの病気など、ワーキングマザー生活は想像以上に大変で…。しかも追い打ちをかけるように、ゼンさんに美人派遣社員との浮気疑惑が！初めての夫婦の危機に佐波はどうする…!?人気のご懐妊シリーズ、ついに完結！

ISBN978-4-8137-0895-7 ／ 定価：本体600円＋税

『神様こどもと狛犬男子のもふもふカフェ～みんなのお悩み祓います！～』江本マシメサ・著

東京での生活に疲れた花乃は、母親代わりだった祖母が亡くなったのを機に、田舎にある祖母の家へと引っ越してくる。しかし無人のはずの家には見知らぬイケメンが三人住んでいて、「和風カフェ・狛犬」の看板が。彼らは地元の神様と狛犬で、祖母の依頼で人間に姿を変えカフェを開いていたのだ。祖母の意志を継ぎ、彼らと共にカフェを続けることにした花乃。お菓子を作り、訳ありなお客様を迎えるうちに、やがて忘れていた“大事なもの”を取り戻していって──。

ISBN978-4-8137-0896-4 ／ 定価：本体580円＋税

『神様のまち伊勢で茶屋はじめました』梨木れいあ

「ごめん、別れよう」──６年付き合った彼氏に婚約破棄された葉月。傷心中に訪れた伊勢でベロベロに酔っ払ったところを、怪しい茶屋の店主・拓実に救われる。拓実が淹れる温かいお茶に心を解かれ、葉月は涙をこぼし…。泣き疲れて眠ってしまった翌朝、目覚めるとなんと“神様”がみえるようになっていた…!?「この者を、ここで雇うがいい」「はあ!?」神様の助言のもと葉月はやむ無く茶屋に雇われ、神様たちが求めるお伊勢の“銘菓”をおつかいすることになり…。

ISBN978-4-8137-0876-6 ／ 定価：本体550円＋税